共和国故事

青春放歌

——青年志愿垦荒队赴边疆垦荒

陈栎宇　编写

吉林出版集团股份有限公司

图书在版编目（CIP）数据

青春放歌：青年志愿垦荒队赴边疆垦荒/陈栎宇编. ——

长春：吉林出版集团股份有限公司，2009.12

（共和国故事）

ISBN 978-7-5463-1745-8

Ⅰ．①青… Ⅱ．①陈… Ⅲ．①纪实文学 – 中国 – 当代 Ⅳ．①I25

中国版本图书馆 CIP 数据核字（2009）第 237720 号

青春放歌——青年志愿垦荒队赴边疆垦荒

QINGCHUN FANG GE　　QINGNIAN ZHIYUAN KENHUANG DUI FU BIANJIANG KENHUANG

编写　陈栎宇

责任编辑　祖航　蔡大东

出版发行　吉林出版集团股份有限公司

印刷　三河市嵩川印刷有限公司

版次　2010 年 1 月第 1 版　　　2022 年 1 月第 11 次印刷

开本　710mm×1000mm　1/16　　　印张　8　字数　69 千

书号　ISBN 978-7-5463-1745-8　　　定价　29.80 元

社址　吉林省长春市福祉大路 5788 号

电话　0431 – 81629968

电子邮箱　tuzi8818@126.com

版权所有　翻印必究

如有印装质量问题，请寄本社退换

前　言

自 1949 年 10 月 1 日中华人民共和国成立至今,新中国已走过了 60 年的风雨历程。历史是一面镜子,我们可以从多视角、多侧面对其进行解读。然而有一点是可以肯定的,那就是,半个多世纪以来,在中国共产党的领导下,中国的政治、经济、军事、外交、文化、教育、科技、社会、民生等领域,都发生了深刻的变化,中国人民站起来了,中华民族已屹立于世界民族之林。

60 年是短暂的,但这 60 年带给中国的却是极不平凡的。60 年的神州大地经历了沧桑巨变。从开国大典到 60 年国庆盛典,从经济战线上的三大战役到经济总量居世界第三位,从对农业、手工业、资本主义工商业的三大改造到社会主义市场经济体制的基本确立,从宜将剩勇追穷寇到建立了强大的国防军,从废除一切不平等条约到独立自主的和平外交政策,从"双百"方针到体制改革后的文化事业欣欣向荣,从扫除文盲到实施科教兴国战略建设新型国家,从翻身解放到实现小康社会,凡此种种,中国人民在每个领域无不留下发展的足迹,写就不朽的诗篇。

60 年的时间在历史的长河中可谓沧海一粟。其间究竟发生了些什么,怎样发生的,过程怎样,结果如何,却非人人都清楚知道的。对此,亲身经历者或可鲜活如昨,但对后来者来说却可能只是一个概念,对某段历史的记忆影像或不存在,或是模糊的。基于此,为了让年轻人,特别是青少年永远铭记共和国这段不朽的历史,我们推出了这套《共和国故事》。

《共和国故事》虽为故事,但却与戏说无关,我们不过是想借助通俗、富于感染力的文字记录这段历史。在丛书的谋篇布局上,我们尽量选取各个时代具有代表性或深具普遍意义的若干事件加以叙述,使其能反映共和国发展的全景和脉络。为了使题目的设置不至于因大而空,我们着眼于每一重大历史事件的缘起、过程、结局、时间、地点、人物等,抓住点滴和些许小事,力求通透。

历史是复杂的,事态的发展因素也是多方面的。由于叙述者的视角、文化构成不同,对事件的认知或有不足,但这不会影响我们对整个历史事件的判断和思考,至于它能否清晰地表达出我们编辑这套书的本意,那只能交给读者去评判了。

这套丛书可谓是一部书写红色记忆的读物,它对于了解共和国的历史、中国共产党的英明领导和中国人民的伟大实践都是不可或缺的。同时,这套丛书又是一套普及性读物,既针对重点阅读人群,也适宜在全民中推广。相信它必将在我国开展的全民阅读活动中发挥大的作用,成为装备中小学图书馆、农家书屋、社区书屋、机关及企事业单位职工图书室、连队图书室等的重点选择对象。

编　者
2010 年 1 月

目录

四、中央号召上山下乡

一、 中央号召青年务农开荒

● 毛泽东到山东视察工作，他接见徐建春等青年劳动模范，鼓励他们说："你们干得很好，都鼓足了干劲。"

● 吕玉兰对同伴们说："植树造林，是为大伙儿造福，这不是丢人，而是光荣！"

● 胡耀邦说："开荒的大风暴还没有来，但大风暴之前必然有闪电。北京可以带头，榜样的作用是很重要的，只要我们首先把垦荒队搞起来，就能带动许多城市青年下乡。"

《人民日报》号召青年到农村去

1953 年 12 月 3 日,《人民日报》发表题为《组织高小毕业生参加农业劳动》的社论,其中提出:

引导农村高小毕业生参加农业生产,乃是解决他们的出路问题的基本办法。

社论首次提出并肯定"由国家出面组织知识青年到农村务农"的模式,为日后上山下乡运动的形成提供了依据和参考。

原来,在 1953 年,国家对中小学进行整顿和巩固,这一年没有升学总数,大量学生不能升学,但又必须安置工作。

在当时,最能容纳劳动力的地方就是广大农村,最能容纳人的行业就是农业。只要具备基本的生产资料和简单的劳动工具,以及最为基本的生产技能,就可以使大量的待业大军获得基本的生活来源,从而有效缓解迫在眉睫的就业困难。

所以,从事农业生产,是当时安排中、小学毕业生的主要方向,也是他们当时就业的主要途径。

刚开始,国家对城镇知识青年的下乡问题,没有统一规划和部署，均由地方自行安排，基本上属于投亲靠友和随父母全家回乡落户的形式。

只有少数地区试办跨省区下乡的实验，安排部分青年下乡插队从事农业生产。

创办青年垦荒队，是由各级青年团组织发动的，后来才逐步纳入地方政府部门管理。

1950年，高小毕业的徐建春回到家乡山东掖县参加农业生产。

徐建春回村后，她带领农民搞生产，学文化，积极上交爱国粮。她后来回忆当时的情况说：

> 开始很多事都不会，但是没关系，大家一起学。每天晚上，我给大家念报纸，学选种、学浸种、学发芽。群众认为合理的，我们就做。如果做错了，就改。
>
> 每天晚上大家都进行批评和自我批评，在一起讨论：哪个事情做对了，哪个事情不对了，谁的活干得好了，谁的活干得不好了，谁家偷工减料了，都直截了当地讲。

在徐建春的带动下，全村互助组很快发展到30多个，她负责的互助组也从7个发展到20多个。这些互助组全部实现了增产，并先后被乡里评为"丰产组"，被区里评为"模范组"。她本人也被评为省"劳动模范"。

1952 年 9 月，徐建春出席青年团山东省第一次代表大会，受到团省工委的表彰，并被选为候补委员。

同年 10 月，徐建春被邀请去北京参加建国三周年国庆大典。回村后，她领导村民连年取得农业生产好收成。

1953 年春，徐建春又被评为"全省小麦丰产模范"。

1954 年 2 月，互助组转由 22 个农户组成的合作社，徐建春被选为社长。

1954 年 3 月 12 日，山东《大众日报》的文章《徐建春——农村知识青年的好榜样》被《人民日报》转载。徐建春成为全国最早的知识青年扎根农村的先进典型，成为全国青年的学习楷模。

1954 年 6 月，山东省人民政府发出通知，表扬积极从事农业劳动生产并取得优异成绩的青年模范徐建春以及胡兆坤，号召农村青年向他们学习。

1955 年，徐建春光荣地出席了全国社会主义青年积极分子大会。

毛泽东在 1958 年 8 月到山东视察工作，他接见了徐建春等青年劳动模范，鼓励他们说：

你们干得很好，都鼓足了干劲。

在当时，徐建春作为青年典型，她的事迹被广为传颂，鼓舞了全国许多青年积极投身到广大农村去参加农业生产。

中央批示树立劳动光荣的风气

1955年4月19日，为了积极引导家居农村的高小和初中毕业生参加农业生产，中共中央批示并转发中国新民主主义青年团中央《关于组织高小和初中毕业生从事农业劳动和进行自学的报告》。

在"报告"中，对家居农村越来越多的高小和初中毕业生不能继续升学或在城镇就业，必须回乡参加农业生产或自学的问题，做了深入分析，并提出解决措施。

中共中央在"报告"批语中写道：

> 这在1955年和今后相当长的时期内，仍是一件相当复杂而艰巨的工作。
>
> ……各级党委必须继续重视和加强对这一工作的领导，继续在广大群众和青年学生中进行深入的宣传教育；继续批判轻视体力劳动和体力劳动者的剥削阶级思想，树立劳动光荣的社会舆论和尊重劳动的社会风气。

在当时，农业合作社的建立，需要许多管理人才和办事人员。但是，由于当时我国农村的教育文化事业相当落后，文盲较多，鼓励有文化的中、小学毕业生参加农业合作化运动，成为当务之急。

在50年代，初小是指小学一至四年级，高小则是指小学五、六年级。在当时，广大人民群众文化程度都很低，能读到初小毕业就已经算是有文化的人了，如果能够考上高小，毕业后大概就算得上是个知识分子了。

1955年5月20日，为了加强劳动光荣的宣传教育，做好知识青年的回乡工作，《人民日报》发表题为《继续动员初中和高小毕业生从事生产劳动》的社论。

5月22日，中央宣传部又颁发《关于高小和初中毕业生从事劳动生产的宣传提纲》。

从此，加强劳动教育被提到了中小学的教育日程。

1955年7月，吕玉兰为了响应党和政府提出的知识青年回乡务农的号召，她回到家乡，积极参加生产劳动。

15岁的吕玉兰从下堡寺高小毕业后，回到家乡河北省临西县东留善固村，参加生产劳动。不久，被推选为农业社社长。

这个村的妇女以前从不下地劳动，吕玉兰当社长后，有些男社员不听她的指挥。

从没当过干部的吕玉兰，全身心地投入到生产劳动中，挨门挨户地发动妇女下地劳动。功夫不负有心人，出勤的人越来越多，生产劳动逐渐搞得热火朝天。

吕玉兰一边带领大家干活，一边教社员识字、唱歌，谈论社会主义的新人新事。她要让大伙知道，只要大家齐心协力，就一定能把家乡变个样。

当时村里主要靠国家救济过日子，要让群众过上好日子，必须植树造林，与风沙作斗争。

在数千亩沙荒地上植树造林，可以说是困难重重。第一道坎就是没钱买树苗，怎么办？

吕玉兰说服七八个大姑娘、小媳妇和她一起登梯子、攀墙头，采摘榆树钱卖掉换来买树苗的钱。

在这时，有人在一旁吹冷风说："叫俺媳妇去爬墙上树，你不嫌丢人，俺还嫌丢人呢！"吕玉兰便对同伴们说："植树造林，是为大伙儿造福，这不是丢人，而是光荣！"

1955 年秋天，吕玉兰组织 40 多名姑娘和中、青年妇女成立了"妇女造林队"，开始了冬季植树造林。

每天，她们清早起来，背上自己培育的树苗，顶着寒风，一直干到天黑才回家。饿了，啃几口窝窝头，咬一口咸菜；渴了，喝一口凉水。

到了 1958 年，吕玉兰和同伴们共栽了 11 万棵树，形成了长达 4 公里的绿色屏障，实现了几代人的沙荒绿化梦。此后，吕玉兰一直带领全村群众，战风沙、斗盐碱、开荒种树、打井修渠，她为改变家乡的落后面貌作出了巨大贡献。

由于吕玉兰出色的工作和高尚的道德情操，她于1958 年光荣地加入中国共产党，并被推选成为"全国劳动模范""全国三八红旗手"，还担任了公社书记、县委书记，直到担任河北省委书记以及党的第九、十、十一届中央委员，第四、五届全国人大代表。

团中央赴苏联考察垦荒经验

1955 年 4 月，中国新民主主义青年团中央书记处派出中国青年代表团，赴苏联学习共青团的工作经验。

中国新民主主义青年团对苏联共青团组织城镇青年远征垦荒、建设共青城的情况作了实地考察。

考察团一行详细了解了苏联当时正在进行的开垦荒地的工作情况和垦荒经验，包括垦荒的规模、投资、人员调动和团组织在垦荒工作中的作用及在垦区中的生活等。

6 月 24 日，青年团中央书记处将《关于苏联开垦荒地的一些情况的报告》报送中共中央。

"报告"写道：

1954 年，苏共中央决定，两年开垦 2800 ~ 3000 万公顷土地，主要是在哈萨克共和国和阿尔泰边区，其他则分布在伏尔加河下游和西伯利亚各州。共投资 70 亿卢布，在三四年内可以偿还国家投资。在 1960 年以后，可增产粮食 3000 万吨。

开垦人员主要是由共青团动员城镇的团员和青年参与。从 1955 年开始，在一年多的时间里，共有 2.74 万人前往垦荒建场。

从城镇动员人力到农村生产，是苏联目前总的趋势。由于全苏联人民把开荒当作了全民的事业，才能在最短期间内，完成了大规模的开荒任务。

青年团中央书记处还认为：

青年团在开垦荒地的巨大工作中应起积极的突击队的作用，应当承担动员青年参加开荒的任务。

………………

我们决心努力担负起党中央所交付的光荣责任。

1955 年 6 月 27 日，中共中央转发了青年团中央《关于苏联开垦荒地的一些情况的报告》，毛泽东在批示中指出，这个报告，"很有参阅价值"。

7 月 1 日，团中央向青年团华南工委，各省、市委下发了《关于组织青年参加边疆建设问题的一些意见》。指出：

中共中央已批准农村工作部《关于垦荒、移民、扩大耕地、增加粮食的初步意见》，青年团在这方面应起积极的突击队的作用。

…………

动员一部分城市中未升学的初中、高小毕业生及其他失业青年参加垦荒工作。

7月25日，团中央下发了《关于响应党的号召，组织青年参加开垦荒地的几项意见》。

其中，向党中央较为系统地提出了青年垦荒计划：

青年团在这一工作中应当承担动员青年参加开荒的任务，并保证一定数量的团员参加。

这个意见经团中央书记处讨论上报党中央后，动员青年志愿垦荒的工作就全面展开了。

同年8月，青年团中央书记处会议根据党中央的精神，并借鉴苏联的经验，决定在全国范围内开展"向荒山、荒地、荒滩进军"的活动，有重点地组织青年志愿垦荒队。

时任青年团中央书记处书记的胡耀邦说：

开荒的大风暴还没有来，但大风暴之前必然有闪电。

北京可以带头，榜样的作用是很重要的，只要我们首先把垦荒队搞起来，就能带动许多

城市青年下乡。

在党中央的号召下，1955 年 8 月，由北京青年杨华等 5 人发起组成了北京青年志愿垦荒队，在黑龙江萝北县建立了全国第一个知青垦荒点。

随后，上海、天津、黑龙江、辽宁、河北、山东、武汉、广东、浙江、福建、河南、云南、江西、广西等省、市、自治区的青年团组织，也先后组织了各种青年垦荒队，在本地区或外地开展垦荒活动。

国务院提出大规模开垦荒地

1955 年 7 月 5 日至 7 月 30 日，第一届全国人民代表大会第二次会议在北京召开。

会上，国务院副总理李富春作《关于发展国民经济第一个五年计划的报告》。

李富春在"报告"中指出：

农业生产供应全国人民的食粮，同时，用农产品做原料的工业产品，在目前又占全国工业总产值的 50% 以上。而且进口工业设备和建设器材所需要的外汇，大部分也是农产品出口换来的。因此，发展农业是保证工业发展和全部经济计划完成的基本条件。

⋯⋯⋯⋯

1953 年和 1954 年两年的农业生产都由于灾荒没有完成原来拟定的增产计划，就增加了五年计划后三年的增产任务。因此，要达到上述指标，还必须作很大的努力。

⋯⋯⋯⋯

在第一个五年计划期间，应该积极地进行

宜耕荒地的调查和勘察，完成一亿亩以上荒地的勘察工作，至少完成4000万亩到5000万亩荒地开垦的规划设计工作，为第二个五年计划大规模地开垦荒地做好准备。

就在同月，这个"报告"由国务院提请第一届全国人民代表大会第二次会议审议批准，并颁布实施。

1955 年 8 月 11 日，《人民日报》发表《必须做好动员组织中小学毕业生从事生产劳动的工作》的社论。

社论指出：

> 今年暑假全国将有 57 万余名初中毕业生和 236 万高小毕业生不能升学，还有一些往年没有考上学校或者没有找到职业的学生，都要求解决就业或学习问题。
>
> 然而，国家目前还不可能拿出更多的人力、物力和财力来满足这种愿望。因为，新中国成立的时间还短，还不可能马上就完全解决城市的就业问题。如果国家用分散经济力量的方法把每个人的职业都包下来，工业的发展就要受到挫折。
>
> 必须指出，家在城市的中小学毕业生中，有一部分人目前的就业问题是有一定困难的。但也要看到，随着工商业的日益发展，初中和

● 中央号召青年务农开荒

高小毕业生的就业情况，也会逐步改善的。

目前农村正在大力开展以互助合作为中心的农业增产运动，需要大量吸收有一定文化科学知识和政治觉悟的青年学生参加农业生产和互助合作运动。农业生产对于中小学毕业生的容纳量是十分巨大的，现在需要量很大，以后的需要量更大。

社论在分析"人人要工作"的社会舆论时说：

首先，家在农村的中、小学生毕业以后，如果没有思想障碍，他们完全可以回到农村，参加农业生产互助合作运动。而家居城镇的中小学毕业生，目前如果考不上学校，又找不到职业，就应该进行自学，等待机会就业。各地青年团组织应该积极组织和帮助他们做好自学的工作，或者帮助他们转到农村参加生产和工作。

在党和政府的大力号召下，全国广大青年立定志向，准备投身到开垦荒地的时代洪流之中。

二、 北京青年去开垦北大荒

● 在雄壮的鼓乐声中，60名垦荒队员背着背包步行去火车站，北京市人民夹道欢送，前门车站聚集了欢送的人群。

● 年轻的垦荒队员们绕过水坑、沼泽，经过杂草灌木的磕磕绊绊，终于站到了大旗下。

● 随着垦荒队长杨华的一声令下，6副套着6匹马的垦荒犁在千年沉睡的荒原上翻起了一层层黑色的泥浪。

团中央组建青年志愿垦荒队

1955 年 8 月 5 日，在团中央办公室，垦荒筹备组正式成立，由黄天祥、黎雁、储战书、张立群、舒学煜同志组成。

同时，北京市石景山区西黄乡团支部书记杨华和南苑区的李连成和李秉衡、东郊区的张生、门头沟区的庞淑英 5 位青年团员志愿报名参加青年垦荒队。

这些青年一起商定了组织垦荒队的原则：

第一，必须绝对自愿；第二，不要国家一文钱投资；第三，去了就不回来。

8 月 9 日，杨华、李秉衡、庞淑英、李连成、张生 5 位青年以发起人的名义，正式向青年团北京市委递交了志愿到边疆开荒的申请书。

申请书全文如下：

青年团北京市委：

我们是北京市郊区的五名青年人。我们早就想给你们递交这份志愿到边疆开荒的申请书。最近我们在一块儿琢磨了好几天，觉得该向我们的团组织提出来了！

我们愿意用我们青年团员的荣誉向你们提出：请批准我们发起组织一个北京市青年志愿垦荒队到边疆去开荒。使我们能够为祖国多贡献一份力量。

当我们知道祖国有 10 多亿亩的荒地在边疆闲着睡大觉，党和国家又号召我们去进行开垦时，我们就恨不得马上跑到边疆去，叫那黑油油的好土地全部翻个个儿，不许它长野草，要它给我们生长出粮食！那么好的土地为什么不可以为社会主义服务呢？

我们几个人在一块算过一笔细账，要是我们组织一个 60 人的垦荒队，我们就可以不要国家掏一分钱，为国家开垦 3000 亩荒地，增产 30 多万斤小麦。当然要开垦这样多的土地，是需要一定数量的投资的。我们自己没有多少钱，如果团组织能够允许北京市的青年给我们一些支援，到了明年，我们将要双手捧着自己生产的粮食来表示我们没有辜负团组织和全市青年对我们的信任。

我们知道，到边疆垦荒会碰到各种各样的困难。可是一千条困难，一万条艰苦，比起为了社会主义的伟大事业来，那不过是大海里的一点水。我们的祖先已给我们耕出了 16 亿多亩的土地，他们经历了多少艰苦？耗尽了多少心血？

我们是毛泽东时代的青年战士，我们不是那种饭来张口，衣来伸手，老守着热炕头的人，我们有志气做一名志愿垦荒的先锋队员。亲爱的团组织，请允许我们行动起来吧！

我们不是说空话的人。不管边疆的路程多么遥远，也拦不住我们远征的决心！不管边疆的风雪多么寒冷，也吹不冷我们劳动的热情！边疆，那正是考验青年人最好的战场。

苏联共青团员建立共青团城和开垦荒地的榜样在鼓舞着我们！胜利在向我们招手！让我们高举起志愿垦荒队的旗帜大踏步前进吧！

8月12日晚，时任团中央第一书记的胡耀邦，在青年团北京市委负责人的陪同下，接见了北京市青年志愿垦荒队的5名发起人和垦荒筹备组成员。

胡耀邦详细询问了垦荒队的筹备情况，充分肯定垦荒队青年这种可贵的爱国热情。认为他们的行动完全符合国家和人民对青年的希望，同意他们到遥远的边陲黑龙江去垦荒的要求。

同时，胡耀邦还对垦荒队的规模、地点和今后青年垦荒的发展方向作了具体指示。胡耀邦指出：

因为这是第一支队伍，我们还没有经验，所以规模不宜太大，先组织 60 个人去，明年以后再陆续增加。

…………

在渺无人烟的荒原上建立新的村庄，将会碰到许多困难，你们必须以坚韧不拔、勇往直前的大无畏精神迎接困难、战胜困难。

最后，胡耀邦号召广大未升学的初中生和高小毕业生学习北京市 5 名青年不怕困难、志愿去垦荒的精神，回乡参加生产，为社会主义建设出力。

这次会见后，5 位青年跃跃欲试，大家在一起商讨组织垦荒队的具体办法。

经过商议，确定由杨华负责组织工作，先吸收一部分会种地、懂农业的郊区青年为骨干，城市青年和女同志要稍微少一些。

就这样，第一支青年志愿垦荒队诞生了！

北京青年去开垦北大荒

青年团积极筹组垦荒队

1955 年 8 月 16 日，《北京日报》等几家报纸，刊载了杨华等 5 名青年的垦荒申请书，以及胡耀邦在接见他们时对青年要求垦荒提出的意见。

这时，全市青年立即纷纷响应，踊跃报名，要求参加垦荒队。

南苑区团沟乡的女青年黎延惠，在午夜 24 时得到消息，当即冒着大雨赶到团委向组织提出申请；东郊区平房乡青年团支部的委员全都争先恐后地要求参加垦荒队。

还有许多青年用书信的形式表达自己的愿望和决心，他们热情洋溢地写道：

这是我报效祖国的机会到了，祖国的荒地正需要我们去开垦，把荒地变成良田，支援工业建设。

还有的青年表示：

边疆正是考验我们青年人最好的战场，我们正下定决心，就像苏联共青团员建设"共青城"和开垦荒地那样，迎接困难，在渺无人烟的荒野上建立起村庄，成为自己的家园。

在这些热血青年当中，既有初中、高小毕业后未能继续升学的学生，又有因种种原因未能及时就业的城市社会青年，还有已经战斗在祖国建设各个岗位上的工人、农民、干部和复转军人，既有党员、团员，又有普通群众等。

就在 10 天之内，报名人数就多达 587 人，超过了需要人数的 8 倍。

8 月 16 日，为了帮助垦荒队实现"不要国家一分钱为国家作贡献"的口号，团市委下发《关于动员青年支援北京市青年志愿垦荒队农具、耕畜的通知》，通过合理引导，在全市青年中掀起了一个广泛的捐钱、捐物活动。

北京森华木材厂青年职工，在听了团总支部讲述青年志愿垦荒队到边疆开荒的重要意义之后，一会儿工夫就有 234 人捐献了 314 元。

8 月 17 日上午，北京农业机械厂召开团员和青年大会，决定为支援北京青年志愿垦荒队开展一次义务劳动，并且力争提前和超额完成生产任务，把一部分奖金自愿捐献出来，支援垦荒队 5 部双轮双铧犁。

《中国青年报》及时报道了这一事例。在报道中，号召青年利用义务劳动创造的价值或个人的部分收入、稿费等额外收入，采取以耕畜、农具折价的办法来支援垦荒队。

北京青年去开垦北大荒

除了必要的生产资料，北京的青年们还很关心垦荒队的精神生活。北京新华书店团总支部帮助垦荒队建立起小型图书馆，东郊区北京乐器厂的工人利用业余时间为垦荒队制作胡琴等乐器。

短短的几十天内，全北京市青年捐助近 7 万元，外省青年也为北京青年寄来了捐助款。团市委利用其中的 3.15 万元为垦荒队准备了 35 匹牲口、10 副新式农具、两辆大车、3000 亩耕地用的种子和全体队员一年的口粮，以及奔赴边疆的路费等。考虑到东北天气寒冷，条件较差，团市委又特地为每人准备了一件老羊皮袄。

在北京青年垦荒队进行积极准备的同时，黑龙江省的有关机关和青年也为迎接垦荒队的到来做好了必要的安排和准备。

为了更好地配合工作，当时，青年团黑龙江省委派出专人，成立了由团省委副书记、副部长、青年团合江地委副书记、青年团萝北县委书记、宝泉岭农场团委书记、青年团鹤岗市委副书记和团中央青农部及青年团黑龙江省委有关干部组成的 9 人筹备委员会。

根据"先开容易的后开难的，先开近的后开远的，先开不需兴修水利工程整顿排水的后开需要兴修水利工程的"的原则，首先由省测绘局勘测队协助垦荒队在黑龙江省 5 大片荒地之一的萝北县，勘测出了 2 万公顷土地，作为垦荒队的开荒地址。

那里气候温和，有霜期短，以小兴安岭为天然屏障，土质肥沃，适合种植春小麦、大豆和玉米等作物，并有汽车直通相距 10 多公里的萝北县城和国营农场。

为了保证开荒工作尽快顺利进行，由黑龙江省移民开荒委员会垫支 9000 元现金，由团黑龙江省委等有关机关派出专人到哈尔滨等地帮助垦荒队购买了 35 匹马、2 辆胶轮大车、2 副辕马家什、35 副犁套以及犁铧等农具。

黑龙江省农业厅、粮食厅和省供销合作社也给垦荒队调拨了 4 部双轮单铧犁和牲畜饲料 0.7 万公斤、草 0.95 万公斤，以满足从 1955 年秋到 1956 年春耕的需要。

鹤岗市、佳木斯市、萝北县和国营宝泉岭农场的青年们还用义务劳动的形式帮助垦荒队建造房屋和畜厩。并且准备好了全套的炊事用具和冬季所需的皮帽子、东北特有的乌拉等生活必需品，使垦荒队员们一到达就可以开始正常的工作和生活。

为了帮助这些北京的青年，尽快熟悉黑龙江的农业生产方式，青年团桦川县委还动员 10 名本地农业生产技术熟练的青年，准备参加到垦荒队；国营宝泉岭机械农场还准备派遣一名有经验的农业技术人员作为垦荒队的技术指导。

在党和政府的关怀下，以及广大人民群众的支持下，北京青年垦荒队的准备工作很快就绪，大家都希望早日奔赴萝北县，投身到开垦荒地的伟大事业之中。

北京青年垦荒队踏上征程

1955 年 8 月 25 日前后，青年团北京市委按照团中央书记处的指示，在众多的报名者中，选拔出 60 名年轻力壮、思想进步的青年，组成北京青年志愿垦荒队。其中包括男队员 48 人，女队员 12 人，他们当中有 1 名党员和 42 名团员。

28 日，北京青年垦荒队队部正式成立，队员们选出共产党支部和青年团支部的领导人，南苑团区委的干部陈启彬任书记，杨华任队长，庞淑英、李连成、李秉衡、张生任副队长，形成了垦荒队的领导核心。

8 月 30 日，北京各界青年 1500 人为北京青年志愿垦荒队举行隆重的欢送大会。

在欢送大会上，团市委第二书记王照华热情称赞说：

我们首都青年做了一件很有意义的事情，就是组织了祖国的第一支垦荒队。

在欢送会上，团中央第一书记胡耀邦发表《向困难进军》的振奋人心的讲话，他号召青年：

利用"忍受、学习、团结、斗争"的精神克服困难，在黑龙江的荒原上安家落户，多作贡献。

随后，胡耀邦同志代表团中央把一面写着"北京青年志愿垦荒队"的大旗授给了垦荒队队长杨华。

队长杨华代表 60 名垦荒队员接受了这面凝聚着重托和期望的队旗，向团组织和全市青年表示战斗的决心：

要在荒无人烟的土地上建立新的团支部；
建立起新的村庄和新的生活！

傍晚，在雄壮的鼓乐声中，60 名垦荒队员背着背包步行到前门火车站，北京市人民夹道欢送。

6 时整，60 名垦荒队员登上了北上的列车。随着一声汽笛长鸣，列车徐徐开动了。从车窗口闪着一张张激动人心的脸，车厢里飞出嘹亮的《垦荒队员之歌》：

告别了母亲，背上行装；
踏上征途，远离故乡；
穿过那无边的原野，越过那重重的山岗；
高举起垦荒的旗帜，奔向遥远的边疆；
勇敢地向困难进军：战胜那风暴冰霜！

60 名北京青年志愿垦荒队队员踏上了垦荒的征程。从此，拉开了全国青年志愿垦荒的序幕。

北京青年垦荒队安营北大荒

1955 年 9 月 4 日，北京青年志愿垦荒队到达了黑龙江萝北县凤翔镇南 10 公里的团结村。一路上经历了火车、客车、卡车、马车，每到停车站，都会受到人们热烈的欢迎。

当他们到达萝北县团结村嘟噜河北岸的时候，正是秋高气爽的上午。

在茫茫荒原上，当垦荒队员们远远地看到一面红旗迎风招展时，他们立即向将要安营扎寨并大展宏图的地方跑去！

当时，在这块土地上，到处是攀蔓的野藤、丛生的杂草，野兽出没、蚊虫成群，所以当时被人们称作"北大荒"。

年轻的垦荒队员们绕过水坑、沼泽，经过杂草灌木的磕磕绊绊，终于站到了大旗下。放眼四望，真是"天苍苍，野茫茫"，除了荒地，荒地，还是荒地。

要在这荒原上扎根，首先必须开辟一块生存之地。队员们先向那密密层层的野树杂草展开了进攻。

北大荒的蚊子、小咬多得惊人，只要队员们一进入杂草丛中割草，这些蚊子、小咬就像捍卫自己的领地一样，成群结队地向人袭来，拼命地又叮又咬，令人痛痒难忍。

一开始，队员们只好边割草边驱赶，结果哪头也顾不上。后来，他们索性每人找来一条毛巾，或往脖子上一围，或把脸一包，一头扎进草丛中，不管三七二十一地一气猛割起来。哪里的草割完了，哪里的蚊子、小咬也就少了。

队员们都打趣地说：要不是咱们那些日子忍住痛把草割完，它们哪里肯搬家呀。

接着，北京青年志愿垦荒队员们在荒原上搭起了第一个帐篷。

从此，北京青年志愿垦荒队在此安营扎寨，开始开垦荒地，开始向荒地要粮，拉开了中国上山下乡运动的序幕。

9 月 10 日，在萝北嘟噜河畔的荒原上，北京青年志愿垦荒队举行了简单而又隆重的开荒仪式。

中共萝北县委书记阮永胜、团中央和团省委等领导前来祝贺。

60 名垦荒队员，庄严地举起右手，向党和人民发出了坚定的誓言：

我是一个青年志愿垦荒队的队员。我志愿来到萝北县，面对祖国的河山，脚踏着边疆的荒地，背负着人民的希望，我们宣誓：

第一，坚持到底，不做逃兵，要把边疆做

家乡。第二，勇敢劳动，打败困难，要把荒地变成乐园。第三，服从领导，遵守纪律，决不玷污垦荒队的旗帜。第四，完成计划，争取丰收，为后来的青年们开辟道路。

倘若我违背了自己的誓言，辜负了党的教导，我愿受集体的制裁。我一定要全心全意地实现自己的誓言。

宣誓结束后，萝北县委书记阮永胜为开荒第一犁剪了彩。

随着垦荒队长杨华的一声令下，6副套着6匹马的垦荒犁在千年沉睡的荒原上翻起了一层层黑色的泥浪。

垦荒工作是艰难的。

在这北大荒上，未开垦过的土地分外坚硬，土里还有不少的硬树疙瘩，偏巧垦荒工作开始不久就又赶上了连日大雨，干硬的土地变得又胶又黏，行走都很困难。

最初的开垦工作只能完全依靠畜力。人不熟练，马不合套，队员们遇到的困难可想而知。

原来计划每副犁每天要开12至13亩，但实际干起来每天每副犁平均不到11亩。

有些队员从来没有见过开荒犁，刚一扶住犁，试着吆喝一声，马就拖起犁蹦出几米远，把扶犁的人重重地摔到长满硬树疙瘩的地上，开垦一天荒地真不知要摔多少个跟头。

但是，队员们没有退缩，跌倒了，爬起来，再跌倒了，再爬起来。

就是用这种精神，他们虚心向当地老农请教，边干边学，逐渐学会了扶犁、开荒、打草、伐木、运输等农活。

从此，荒草蔓延的北大荒，露出了黑油油的土壤。

北京青年去开垦北大荒

北京青年垦荒队战胜重重困难

1955 年 9 月，北京青年志愿垦荒队在祖国的北疆萝北县开始了垦荒生活。

垦荒生活非常艰苦，刚开始时，垦荒队员们住的是临时窝棚，喝的是泥坑里沉积的黄泥水，吃的是冰冷的窝头。

在这片广阔无边的荒草原上，没有村庄，没有人烟，有的是雁、兽、蛇、虫和狼群的嗥叫。

而且，在萝北会遇到两大困难，一个是寒冷，一个是狼群。

当地的冬季来得很早，冬天的气温最低达到零下 40 度，刚开的水洒在地上立刻就会冻成冰。人的眉毛、胡子和露在帽子外面的头发都结着冰，根本不能戴口罩，嘴里呼出的热气能使口罩一会就成了冰坨。队员们手脚冻伤的非常多，有的人脸上都生了冻疮。

刚到萝北的第一个冬天，垦荒队员们都住在帐篷里。一锅水，下面架着干柴烧，一连 3 个小时也烧不开。蒸窝头时，下面一屉已经熟了，上面一屉却冻成了冰。队员们没有办法，只能煮些棒子面疙瘩和玉米糊吃。蔬菜只有冻萝卜，用刀根本切不动，只能用斧子砍，砍下几块是几块，放些盐用水煮一煮就算是菜了。

当时，北京垦荒队员们住的帐篷有 9 米长，4 米宽，每天晚上 9 个大铁桶一字排开，烧柴取暖，大家都头朝向着火桶睡，可是早上一起床，不靠火的脚底就结了冰，粘在被褥上。后来，他们冻出了经验，睡觉时不再一个挨一个地躺着，而是三五个人背靠背地挤成一团，身子一歪就睡了。

在白天干活时，手根本不敢直接碰铁器。一碰上就粘住了，只能连人带工具一起到屋子里去才能慢慢缓过来，否则就会连皮带肉粘下来。

在萝北，垦荒队员们还常常遇到狼的围困。晚上常有狼扒到窗口往里探头，围着屋子叫，吓得胆小的女同志睡不着觉，男同志都拿着棍子随时准备打狼。

有一次，4 个同志带着枪去打瘸狼，结果一只狼嗥叫着引来了数百只狼，将庄子围了起来。大家又点火，又敲脸盆，百般恐吓才把狼吓走。

面对这些困难，北京垦荒队员们说：

> 一不怕冷，二不怕狼，靠的就是两只手，改造北大荒，荒地是战场，帐篷是课堂。
> 困难再大，生活在北大荒，就是苦中求乐，苦中求荣，生活再苦也不能给北京人丢脸。

北京垦荒队员们对苦的认识是：

苦为甜之母，甜从苦中生，没有苦就无所谓甜，没有甜也就无所谓苦了。苦是暂时的，甜是人创造的，人不吃苦中苦，就难得甜上甜。

北京垦荒队员就在这样恶劣的环境中生活和工作。他们割野草、砍树条，到当年 9 月下旬，就开荒 800 多亩。

在 10 月底，北京垦荒队员们在这块曾经只有豹子、獐、狼出没的荒草甸子里盖起了第一排简陋的草房，喝上了自己打出的井水。

新中国第一支青年志愿垦荒队历经风雨，在祖国北疆萝北县荒原上站立起来了。他们成为后来的萝北县共青农场的奠基人和建设者。

此后，哈尔滨、天津、河北、山东等省、市也陆续派出了新的荒原队伍，青年垦区的规模一天天壮大起来了。

1955 年，自 60 名北京青年志愿组成垦荒队赴边疆垦荒的消息公布之后，立即在全国范围内引起了极大反响。各地青年以北京青年为榜样，纷纷组织起自己的垦荒队伍，奔赴祖国的荒山孤岛，开荒建点，安家立业。

青年志愿垦荒的星星之火迅速燃遍了神州大地。

三、 全国青年兴起垦荒热潮

● 杜俊起接过家人的衣物时，激动得热泪盈眶，他说："儿子决不会给母亲丢脸，一定完成党交给我的任务。"

● 温州市人民广场前敲锣打鼓，鞭炮震天，垦荒队员从人民广场穿过市区主要街道到达码头，登渡轮后驱车前往海门。

● 毛泽东的目光探寻了一会儿，然后，亲自用笔为上海知青圈点了江西鄱阳湖畔德安县的红土地。

天津青年垦荒队远征北大荒

1955年8月16日，《北京日报》刊登了共产党员杨华组建北京志愿垦荒队的消息。

看到这则消息后，天津市青年党员杜俊起心潮澎湃。19岁的杜俊起，当时是天津东郊高庄子乡团总支书记。他积极能干，带头组织了技术小组，钻研稻田插秧、合理施肥、防治病虫害等农业技术，提高了粮食产量，曾受到青年团天津市东郊区工委的表扬。

在当时，杜俊起正在参加天津市社会主义建设积极分子大会。在会上，他和范素兰、刘凤雁、刘德义联名提出去边疆垦荒的倡议，大会主席团宣读了他们的倡议，引起全场的强烈反响。

同时，杜俊起还向青年团天津市委递交了参加垦荒队的申请书。

在申请书中，他表示：

> 我们是毛泽东时代的青年，我要和北京青年志愿垦荒队一道去唤起酣睡的土地，把自己青春的力量献给祖国，为国家多打粮食，支援社会主义建设。
>
> 我恳切地希望组织一支天津青年志愿垦荒

队，并批准我作为这个队的光荣队员。

申请的字里行间表达出"天下兴亡，匹夫有责"的宽广胸怀，以及燕赵男儿的赤诚与豪迈。

8月30日，天津郊区和市内很多青年也给团市委写信要求参加垦荒。特别是东郊区郭庄、高庄子乡50多名青年自发地向团支部报名，并推选代表分别到团区委和团市委请求组织垦荒队。

同时，青年团天津市委也开始精心组织垦荒队的筹建工作。

9月26日，青年团天津市委起草了《关于组织青年志愿垦荒队的工作意见草案》，并上报中国共产党天津市委。

在上报的"工作意见"中，对北京、上海等青年志愿垦荒队的远征做法持有保留态度，他们提出：

拟在今年秋天以郊区青年为主吸收一部分市内社会青年参加，组织一支百人的青年志愿垦荒队，在郊区进行近距离的垦荒。

同时，他们把地点选"在南郊区葛沽至小站公路之间的东部，碱河北部的少林庙附近"，并准备勘探设计成立集体农庄，打算先开荒1000亩，并发动青年进行物资支援。

9月18日，北京青年志愿垦荒队杨华等人从北大荒回到北京，参加全国第一届青年社会主义建设积极分子大会。

在会上，杨华向大会汇报了北京青年志愿垦荒队到黑龙江萝北开荒1200亩荒地、打草10万公斤、盖房8间的初步成绩。

中央领导听了汇报后，非常重视，并把他们的开荒经验向全国各地推广。

同时，团中央指示青年团天津市委，在1957年以前，组织1200人，分批前往黑龙江垦荒。

为了落实团中央的指示，10月14日和15日，《天津日报》连续报道了全国第一届青年社会主义建设积极分子大会的消息。

在同一天，青年团天津市委起草了《青年团天津市委员会关于组织青年志愿垦荒队的计划》。其中，放弃了"在郊区进行近距离的垦荒"打算，第一次明确提出组建志愿垦荒队赴黑龙江萝北开荒的意见，同时起草了《关于组织青年志愿垦荒队的宣传提纲》。

10月16日，《天津日报》刊登了杜俊起等人的申请书。同时，青年团天津市委作出正式决定：组织天津市青年垦荒队。

喜讯传开后，天津海河两岸的儿女沸腾起来了。

10月19日，青年团天津市委宣传、动员、组建青年志愿垦荒队的工作全面启动。同日，《天津日报》报道了青年团天津市委根据各方面青年的建议，决定组织天津市青年志愿垦荒队的消息。

在青年团天津市委进一步组织、动员和宣传下，广大青年团员勇敢地参加到垦荒的伟大行列，希望贡献自己的青春和力量。

天津市的工厂、农村、街道、学校等各界青年积极报名。不到一个月的时间，就有 1.7 万多名青年要求参加垦荒队。

与此同时，青年垦荒队筹备组工作也紧锣密鼓地进行着。

为确保队员质量，决定第一批队员为 50 名，由青年农民 30 人和社会青年 20 人组成。并制定了严格审查标准，要求队员政治可靠，是觉悟较高的党员、团员；要求体力健壮，能吃苦耐劳，具有一定的农业生产经验；要求在 20 岁以上，家庭有剩余劳力，个人自愿并征得家庭同意等。

青年团天津市委把名额分配给市内各区，要求各区以高于分配名额挑选上报，由团市委审查，最后敲定垦荒队员名单。

10 月 28 日，当选的 50 名队员在团市委报到，进行为期两天的集训。随后，队员编队分组，成立党和团的支部组织。任命西郊区邵公庄乡乡长范素兰为队长，还配备了带队干部刘秉义。这次行动组织了首批远征先遣队员共 52 人。

青年团天津市委在组织垦荒队的同时，还发动广大青年在物资方面支援青年志愿垦荒队，为垦荒队购置必要的农、机具和垦荒必备物资。

广大青年在青年团的号召下，积极行动起来，他们把节省下的零用钱捐出来，帮助垦荒队购买一切必备物品。

在当时，天津市青年共捐款 17 万多元，这些资金用来购买了 80 匹马、14 辆马车、马拉犁 5 副、马拉元盘耙 2 台、马拉播种机 12 台、马拉镇压器 12 台、马拉收割机 2 台，以及其他小型农具等，为垦荒队远征行动打下了坚实的物质基础。

11 月 2 日，《天津日报》在第二版显著位置连续刊登了三篇文章。一是发布天津市青年志愿垦荒队首批队员即将出发的新闻消息；二是刊登北京青年志愿垦荒队欢迎天津市青年志愿垦荒队参加垦荒的信；三是介绍天津市广大青年热情支援志愿垦荒队的情况。

北京青年志愿垦荒队从萝北县的来信中说：

我们从团中央的来信中，知道你们为了响应党的开垦荒地、增产粮食、支援国家第一个五年经济建设计划的号召，马上就要由天津出发到萝北，同我们一起开荒，一起生活，共同建设边疆。当我们听到这个消息时，全体队员的欢呼声响彻了原野。为了欢迎你们，大家热烈地讨论着要以实际行动充实新的劳动竞赛，争取超额完成党交给我们的冬季前的开荒任务，并为你们的到来做好一切准备工作。

北京垦荒队全体 60 名队员分别以耕地队、打草队、伙食及零活小组的名义做出保证，使即将出征的天津垦荒队队员们感到莫大的温暖与鼓舞。

1955 年 11 月 4 日，天津市委组织各界青年代表在工人文化宫举办欢送会。会议热烈、激昂，十分鼓舞人心。

天津市领导黄火青、李耕涛等为青年志愿垦荒队赠送了一面队旗，上面写着：

志愿垦荒第一队

队长范素兰代表队员保证，表示要克服一切困难，保证不掉队，坚决完成党交给的任务。

杜俊起的母亲裴寿英代表垦荒队员家长讲话，她语重心长地说：

"我儿子到边疆去开荒，我心里非常高兴。我支持他的行动……

"我告诉他不要想家，不要掉队，为全家争光，为天津市人民争光。"

杜俊起的母亲为了支持儿子去北大荒，为儿子缝制了棉衣、棉裤，还用一层丝绵两层棉花做了一双棉鞋。

几个通宵的针线活，熬得她双眼布满了血丝。当母亲把鞋放在儿子杜俊起的手中时，她深情地说："孩子，穿上这双鞋，多么冷的天气，脚也不会受冻。"

杜俊起的妹妹也给哥哥赶绣了一对枕头，分别绣的是"虚心学习"和"团结互助"，鼓励哥哥的垦荒行动。

杜俊起接过家人的衣物时，激动得热泪盈眶。他要母亲保重身体，并说："儿子决不会给母亲丢脸，一定完成党交给我的任务。"

在欢送会后，由天津人民广播电台广播曲艺团、建华京剧社等文艺团体演出了精彩的文艺节目。

11月5日，52名垦荒队员登上北上的火车。

在当时，天津市领导、工人、农民代表等都到火车站送行。

临行前，天津青年志愿垦荒队把一封信交给天津市领导，信中庄重地向天津人民表示：

> 一定要把边疆荒凉的原野变成美丽的家园，不做逃兵，要超额完成生产任务，将亲手生产的粮食送给故乡的亲人们。

火车徐徐开出天津，向北奔去。垦荒队员们历经3昼夜的旅程，终于抵达鹤岗，然后乘坐敞篷车前往萝北县。

11月份的北大荒，到处都是坑坑洼洼的泥路。原本泥泞的地面已经结了薄薄的冻层，一不留神，车轱辘就会陷进去。在当时，从鹤岗到萝北就走了整整 1 天。

9 日，垦荒队员们抵达了目的地凤翔镇，与先期到达的北京志愿垦荒队会师。接着，河北志愿垦荒队也到达了这里。

12 日，北京、天津、河北垦荒队在团结村青年垦荒队营地举行第一次大会，宣布成立萝北县青年垦荒工作委员会。

天津队和北京队、河北队合编在一起，共分为 5 个大队。范素兰、杜俊起分别担任一个大队的正、副队长，积极筹备建点的工作。

刚到的时候，没有房子住，队长杜俊起就带领大伙在零下 30 多度的冰天雪地里盖房。他们戴着棉手套，手指还一样被冻成了"胡萝卜"。几乎每个队员都有手和铁锹冻粘到一块的经历，扒开的时候都连皮带肉掉下了一大块。

人多力量大，垦荒的速度明显加快了，他们盖起了宿舍，垒起了灶台，脚下的荒地也弄得一天比一天平整了。

农场没有通水通电，队员们晚上只能靠一支蜡烛照明。取水很困难，要赶着马车去几公里外的河边，还要拿着榔头破冰，所以，洗澡成了极度奢侈的事，常常一冬天都只有将就着不洗了。

正是这种艰苦奋斗的精神，让垦荒队的年轻人征服了荒原。大家在这里搭起帐篷，燃起炊烟，过起了艰苦而乐观的垦荒生活。正如他们编的歌一样：

> 早起三点半，归来星满天。啃着冰冻馍，雪花汤就饭。走着创业路，不怕万重难。吃苦为人民，乐在苦中间！

在第一个紧张而充实的冬季里，垦荒青年们不仅出色地完成了生产任务，还抽出时间搭建了简陋的草屋、马棚，修建了食堂、球场等，在荒原中建起了自己的家。

垦荒青年们还排演了歌剧、戏剧，编唱了许多诗歌。用这种乐观主义精神来激励自己的斗志，充实自己的精神生活。

1956年3月，天津青年志愿垦荒第二批队员220人来到营地。于是，垦荒的实力得到进一步增强。

萝北县青年垦荒工作委员会决定，按照垦荒队员的籍贯，成立青年集体农庄。

1956年5月4日，这天是"五四"青年节，天津集体农庄在天津青年志愿垦荒点成立，被命名为"天津庄"。

在成立大会上，周围插满了彩旗，主席台前摆放了很多鲜花。

萝北县委办公室主任宣布上级批准决定。

县小学少先队员致辞、献花。

垦荒队员们面对"志愿垦荒队"的大旗宣誓。

杜俊起任党支部书记、天津庄副主席，后来还当选为天津庄主席。

天津垦荒青年队员们以超人的毅力，在荒山野岭上，在沼泽泥潭中，靠自己的双手，使"天津庄"发生了巨大变化。"天津庄"曾荣获周恩来签发的"社会主义建设先进单位"的奖状，并多次被评为先进生产队和先进党支部。

河北青年垦荒队开发北大荒

1955 年 10 月，青年团河北省委为了满足广大青年热切要求到边疆开荒的愿望，根据中国共产党河北省委和团中央的指示，决定组建河北省青年志愿垦荒队，赴黑龙江省萝北县与全国第一支垦荒队——北京市青年志愿垦荒队一道，共同开发北大荒。

决定宣布后，河北各地青年积极响应。仅唐山、石家庄、保定的 19 个乡 8 个街道的统计，就有 600 多名团员、青年报名，申请到黑龙江开荒。

11 月 6 日，经过挑选和组织审查，河北省第一支青年志愿垦荒队组成，共有队员 102 名。

保定市各届青年 600 多人举行欢送大会，团省委书记李兴作了题为《到祖国的边疆去，建设社会主义的新农村》的讲话。

11 月 8 日，首批河北省青年志愿垦荒队出发，开赴黑龙江省的萝北县。

在那里，曾经是遍地沼泽，杂草丛生，狼、蛇出没，茫茫大地上只有几座孤零零的草房。

垦荒队员们克服了重重困难，他们战胜严寒，经过 3 个多月的奋战，垦荒达到 1550 亩。他们还积极伐木、建房，为后来垦荒队员安家落户创造了有利条件。

1956 年 4 月，河北省又动员 1300 名青年，组成志愿垦荒队，分别到黑龙江和内蒙古开荒。其中有 300 名青年到黑龙江的萝北县青年垦区，1000 名青年到内蒙古呼伦贝尔盟草原。

赴黑龙江萝北县垦荒的队员中，有农具维修人员、车夫、木工、饲养员等各类专业人员，是一支有文化、有技术的朝气蓬勃的青年垦荒队。.

1957 年 2 月 15 日，黑龙江萝北县北大荒的"河北青年集体农庄"传来了丰收的喜讯。

河北省 500 多名在北大荒开垦荒地的青年，在当地政府的领导和群众的支持下，经过一年的辛勤劳动，开发荒地达 750 多公顷，盖起了 100 多间新房，终于在北大荒安家落户了。他们把北大荒的河北庄，建设成了自己的第二故乡。

辽宁青年垦荒团开垦兴隆台

1955 年 8 月 27 日，青年团辽宁省委向团中央和中国共产党辽宁省委递交了《组织辽宁青年志愿垦荒团的请示》报告。随后，在团省委成立了辽宁志愿垦荒团办公室，开始对垦荒地点进行寻找和考察，并和青年团沈阳市委在沈阳市高小、初中毕业生中开展动员工作。

9 月 16 日，徐雪卿、雷建敏、李宝光、李明珠、高希成、张静茹、刘玉奎 7 名青年写信给团市委，提出了申请。他们决心"以北京青年为榜样，让荒地变成粮田，在荒野建设村庄"，并向全省青年发出"到农村去垦荒，为社会主义建设贡献力量"的倡议。

他们的倡议得到了团省委、团市委的支持和全市青年的热烈响应。

到 9 月 24 日，全市青年报名人数达到 6800 多名。经过考核和选拔，组成了 55 人的辽宁青年志愿垦荒先遣队，其中党员 3 人，团员 24 人，女青年 10 人。

9 月 26 日上午，沈阳市各界青年 1500 多人在红星剧场举行欢送大会。当天下午先遣队便出发，奔赴多方考察后选中的垦荒地点，即沈阳北郊区兴隆台。

10 月初，沈阳、大连、鞍山、抚顺、本溪、丹东、锦州、营口、阜新和辽阳等市的青年志愿垦荒队员陆续到达兴隆台。

1956年春节过后，又有数百名辽宁各地志愿青年到达兴隆台垦区，全省先后共有900多名青年参加了志愿垦荒活动。

从1955年9月到1958年9月，3年中，垦荒队员把890公顷荒地变成了良田，并置办了一套能种植400公顷水、旱田的生产设备，建筑了4700平方米的房屋，共生产粮食达75万公斤。

辽宁青年志愿垦荒团团员在兴隆台与恶劣的自然环境抗争，用自己的双手，盖房修路，打井修渠、架电线、开荒种地，用艰辛的劳动，换回了丰硕的果实。

上海青年垦荒队创建共青社

1955 年 9 月 10 日，上海市青年社会主义建设积极分子大会开幕，有 1400 多人参加会议。

在会上，上海市的陈家楼、吴爱珍、石成林、吕锡龄、韩巧云 5 位青年发起倡议，希望组织一支上海市青年志愿垦荒队，到祖国最需要的地方去开垦荒地。

陈家楼在大会上宣读了他们向青年团上海市委和上海市民主青年联合会递交的申请书，并当场表示，决心向一切困难进军，要把荒山僻野变成丰饶肥沃的良田。

曾经在 1955 年的春天，上海的热血青年陈家楼就和其他十多名青年联名写了血书，呈报给上海市市长陈毅，要求到边疆开荒，建设共青城。

在当时，21 岁的陈家楼一直是街道工作的积极分子，而且曾经被选为上海民主青年联合会的执行委员、全国青联第二次代表大会代表。

陈毅收到陈家楼等人的信后，在办公室接见了他们。这一天，陈毅兴味盎然地倾听着瘦瘦的陈家楼的慷慨陈词：

> 周总理在人民代表大会的政府工作报告里
> 说，我们国家耕地不足，应该尽可能扩大耕地

面积。第一个五年计划已经开始了，我们要让15亿亩荒地醒过来。我们仔仔细细想过了，我们不能坐在家里等国家分配工作，我们应该组织起来去边疆开荒，一万人开到边疆去垦荒，几年以后就是一座新城！毛主席说，我们要做前人没有做过的事业，这就是一件。

陈家楼等人的爱国之心打动了陈毅市长。他询问了陈家楼等人的具体想法和情况，对大家的行动表示十分赞扬，并说：

> 你们的信收到了，我非常高兴。不过我要批评你们，写血书不好，得了破伤风怎么办？我陈毅赞扬你们，我到北京去，一定向党中央、毛主席汇报。

后来，陈毅到了北京，向党中央和毛泽东汇报了这件事情。

毛泽东听了，很高兴，立即找到地图，目光探寻了一会，然后，亲自用笔为上海知青圈点了江西鄱阳湖畔德安县的红土地。一面指点一面说：

> 那儿是革命的老根据地，群众政治素质好；那儿的气候环境与上海比较接近，吃大米，上

海知青去那儿比较容易适应；同时，那儿又是荒地，需要建设者。

9月12日，青年团上海市委和上海市民主青年联合会分别举行常委会，一致作出决定，接受陈家楼等人的倡议，并号召全市青年学习他们的爱国主义精神，以进一步搞好生产、学习和工作的实际行动支持他们。

9月17日，江西省农业厅负责人对新华社记者说："江西省和革命老根据地人民热烈地欢迎上海青年志愿垦荒队的到来。"

消息传开后，上海青年热血沸腾，在不到1个月的时间内，就有1万多名青年报名，要求参加志愿垦荒队。他们中除了社会青年外，还有大学生、工人、护士、农民等。

上海市领导、青年团上海市委等对青年志愿垦荒队的组建给予了高度重视，都大力支持陈家楼等人的行动。有关部门一方面派出专人到江西进行选址和安排；另一方面对组成人员进行严格挑选，并配备了带队人员、医生、电工、水工和懂农业生产的人员等。考虑到上海青年将在江西成家立业，甚至连男女比例都做了相应的安排。

最后确定，由98人组成上海青年志愿垦荒队，并特地为他们举办了十多天的学习班，组织大家到江湾五角场农业社进行劳动锻炼，熟悉农业生产。为了让志愿垦荒队适应江西的生活，还让他们学习吃辣椒。

1955 年 10 月初，上海青年志愿垦荒队在上海青年团校举行出征大会。

上海市副市长金仲华把团市委制作的绣着"向困难进军，把荒山变成良田"的锦旗，亲自授给垦荒队队长陈家楼。

1955 年 10 月 15 日，上海第一支青年志愿垦荒队一行 98 人出发，奔赴江西。

在上海火车站，队员们将锦旗挂在车窗口，高唱着《垦荒队员之歌》，与上海亲人告别。

1955 年 10 月 18 日，在上海市副市长宋日昌的护送下，上海青年志愿垦荒队员们来到位于江西南昌、九江之间的德安县九仙岭下的八里乡，并在这里安家落户，开创新生活。

在当时，德安县九仙岭一带，处处荒山，荆棘丛生，钉螺遍地，人烟稀少，常有野兽出没。

在垦荒队员们的劳动号子声中，沉睡千年的荒地终于苏醒了。烈火烧荒的燃爆声，垦荒队员的欢歌声，奏成了一支壮美的青春交响曲。

开荒的劳动是艰苦的，垦荒队员们没有机械，全凭抡七八斤重的大锄头。一锄头刨下去，只能在红土地上划开三四寸深的道道。但是，垦荒队员们从不叫苦，他们每天从鸡叫就起来，在荒地上拼命地干，还比赛看谁手上的茧疤多！

垦荒队员们住的是自己搭建的简易茅棚，一到晚上，呼呼的北风一个劲地往里灌，早上醒来，被子上是一层白霜。

但是，垦荒队员们凭着对祖国的赤诚，凭着对垦荒事业的真情，凭着年轻人的干劲和志气，他们克服重重困难，披荆斩棘，当年就开出了300多亩荒地。

上海青年志愿垦荒队员的"向困难进军，把荒山变成良田"的精神，在当时产生了很大的反响。陈家楼等青年成为当时上海青年们心中的楷模。

过了不久，又有上海青年陆续到江西各地垦荒。据统计，至1955年，上海青年志愿去江西垦荒的总计有848人。

1957年秋，上海青年志愿垦荒队"共青社"搬迁到江西省德安县和星子县交界的鄱阳湖畔，与第二、第三批上海青年志愿垦荒队员组成的"中国青年社""上海青年社""八一社"等合并，垦荒队伍得到了空前壮大。

上海青年志愿垦荒队员以"坚韧不拔、艰苦创业、崇尚科学、开拓奋进"的精神，和当地人民、知识青年等一起，从"共青社""共青垦殖场"发展成为"共青城"，在荒滩上建起了充满青春活力的具有10万人口的城市。

温州青年垦荒队建设大陈岛

1955 年 11 月，青年团中央第一书记胡耀邦，在杭州的一次青年团干部座谈会上，倡议组织一支青年志愿垦荒队，开赴大陈岛去开发建设。

原来，在 1955 年 2 月，中国人民解放军解放了浙江台州的江山岛。这时，大陈岛已在解放军大炮的射程之内。

盘踞大陈岛的国民党军队慑于解放军的声威，仓皇逃窜。国民党军队在逃跑时，大陈岛惨遭了一场罕见的浩劫，岛上 1.8 万多名居民，被强行押往了台湾，渔船被带走或毁坏沉没，岛上一切民用生活设施如房屋、商店、医院、学校以及水库、水井等都被摧毁了，到处是一片废墟。

1955 年 11 月，青年团中央第一书记胡耀邦到浙江省视察青年工作。他在杭州的一次青年团干部座谈会上激愤陈词，揭露国民党在大陈岛的种种恶行，并倡议组织一支青年志愿垦荒队，在大陈岛解放一周年之时，开赴大陈岛去开发建设。

当时，参加会议的青年团温州市委书记叶洪生对胡耀邦说："组织青年垦荒队去大陈岛的任务，就交给共青团温州市委来完成吧！"

胡耀邦非常高兴地说："好！你们队伍什么时候出发告诉团中央，团中央在《中国青年报》头版发消息，我若不能亲自为垦荒队壮行，会派代表送贺信、送锦旗的。"

胡耀邦还扳着手指一个字一个字地说：

旗上就写"建设伟大祖国的大陈岛"10个大字！

叶洪生回到温州向中共温州地委、市委，青年团温州地委、市委汇报后，立即开展了宣传发动工作。

1956年1月，在胡耀邦的号召下，在北京、上海等青年志愿垦荒队的影响下，浙江省温州市青年纷纷报名参加开发建设大陈岛的青年志愿垦荒队，几天内报名者就达2000多人。

在报名青年中，有的是兄妹一起来的，有的是姐妹一起来的，有的怕批不下来，就一口气写了好几封申请书。

经过反复筛选，在温州确定了207名队员，在海门确定了20名队员。就这样，一支有227名队员的"温州青年志愿垦荒队"不到1个月就组成了。

在海门区，区委派农技干部郭寿江具体落实垦荒队员在大陈岛上的吃、住、劳动工具和饲养猪、牛、兔的场所。

海门区委任命大陈岛工委副书记卢育生任垦荒队队长，青年团温州市委确定青工部长王宗楣任垦荒队副队长。

1956 年 1 月 28 日，温州市委在政府大会堂举行各界青年隆重欢送垦荒队员赴大陈岛的大会。

在会上，青年团中央代表丁立准宣读了团中央的贺信，把"建设伟大祖国的大陈岛"的旗帜授予了垦荒队。

在这次会上，团省委派来的代表向垦荒队赠送了一部收音机。温州市委向垦荒队赠送了锦旗，并向每一位垦荒队员颁发了证书。

在这次会上，青年工人代表表示，要用 3 年多的时间完成 5 年生产任务的成绩，以此支持垦荒队；青年农民代表把两头小猪和各种蔬菜籽赠送给垦荒队；少先队员代表把一盒盒树种和花种献给垦荒队的大哥哥大姐姐。

1 月 29 日，温州市人民广场前敲锣打鼓，鞭炮震天，垦荒队员们从人民广场穿过市区主要街道到达码头，登渡轮后坐车前往海门。

垦荒队员们到达海门后，海门区领导机关再次举行了规模盛大的迎送垦荒队的活动。

1 月 31 日，垦荒队离开海门镇渡海到达大陈岛，驻岛部队用驳船把垦荒队员分批接上岸，并安顿在各个住地。

2 月 2 日，温州青年志愿垦荒队全体队员在"建设伟大祖国的大陈岛"的旗帜下，登上大陈岛的最高峰，即在凤尾山巅举行了宣誓仪式，并举锄落地。这批从未见识过农业劳动的年轻人，便开始了垦荒生涯的第一天。

在当时，大陈岛上满目疮痍，到处都是地雷、铁丝网等战争废墟。温州青年志愿垦荒队员们与岛上的解放军一起，排除了国民党军队撤离前埋下的大量地雷，在繁重的劳动之余，还协助解放军站岗巡逻。

温州垦荒队开始的拓荒创业之路极其艰苦。在当时，难得有上岛船只，物质生活的匮乏和远离亲人的寂寞是难以想象的。这些大多来自城市的青年，每天都经受着各种考验。

经过半年多的磨炼，温州垦荒队员们学会了下地种田、饲养牲畜、炸石开山、修路盖房等，许多人已能挑着几十公斤的担子，轻松自如地上山下地了。

在当年，温州垦荒队就收获番薯、马铃薯、蔬菜及花生、绿豆等农产品近 10 万公斤。

垦荒队员们还学会了驾船出海，他们用省出的钱购置了岛上的第一艘机帆船。

可是，天有不测风云。

1956 年 8 月，大陈岛被强台风袭击。住房毁坏了，猪栏倒塌了，猪仔惊逃了，番薯连藤给风卷走了，树苗也被连根拔起，垦荒队员们用辛勤汗水浇灌的农作物损失殆尽。

可是，垦荒队员们以坚忍不拔、战天斗地、顽强拼搏的意志克服了重重困难，终于战胜了大自然。在当年，他们就收获了 2 万多公斤马铃薯、2.5 万多公斤蔬菜、1000 多公斤花生，还有番薯等大量农作物，并恢复了家畜饲养。

战胜自然灾害，也锻炼了垦荒队的年轻人。有了农业生产的经验，队员们开始向海洋宣战。他们组织了渔业队，派队员到温州渔业指导船学习，请福建籍船老大当教练，在大陈岛港湾驾舢板学摇橹。

他们还用每人每月省下的零花钱，凑足数买了 2 艘机帆船，自力更生发展海洋捕捞，垦荒队的经济实力日益增强。

同时，他们还兴办了五金、水产加工等小企业；组建了文化站、书店、电影放映队；兴办了小学、初中班，使岛上的文化娱乐生活渐渐活跃了起来。

在垦荒队员们的努力下，大陈岛逐渐变成了真正的"东海明珠"。

昆明青年垦荒队南征德宏

1955 年 8 月，刘小三、梁正富、王延彬等人在《云南日报》上发出倡议，要求组建昆明市青年志愿垦荒队。倡议书中这样写道：

> 有志青年们，响应党的召唤，组成志愿垦荒队，到边疆去，到最艰苦的地方去，到祖国最需要的地方去！用我们的赤胆忠诚和勤劳的双手把祖国的边疆建设成为繁荣幸福的乐园！

刘小三喊出了当时胸怀报国之志的千万青年的共同心声。

刘小三是云南省玉溪地区澄江县人，1952 年 12 月加入中国新民主主义青年团，1954 年加入中国共产党。刘小三是昆明市建设社会主义青年积极分子代表，在当时，他正担任昆明第四联合铁工厂党支部委员、工会主席。

对于刘小三等人的倡议书，中国共产党云南省委很快作出反应，责成团省委立即着手组建昆明市青年志愿垦荒队。消息一传开，仅在昆明 4 个区就有 6521 名青年报名。

很多青年一听说要到边疆建立集体农庄，都怀着美好的憧憬争相报名。有的青年甚至追着团省委的干部跑了几条街，三番五次表决心立保证，直到被批准才罢休。

当年的垦荒队员高巨英在《我有一份珍贵的精神储存》中写道：

当时，我在云南省农业厅工作，无论哪方面条件都是优越的。上班是在五华山，办公大楼宽敞明亮，周末不是电影就是舞会。但是我决心到祖国最需要的地方去，这绝不是一时的冲动，而是经过深思熟虑后的自觉选择。

因为，在1955年，一次盈江之行，使我看到边疆有大片的荒地未经开垦种植，内心感到万分可惜。现在机会来了，我是党培养教育下的青年团员，又是农业技术员，正该到边疆的广阔天地去施展我的聪明才智，为祖国社会主义大厦添砖加瓦。正是这种强烈的使命感和责任感，驱使我下决心抛弃优越的工作环境。

当年的垦荒队员梁绍宇在《深藏心底的歌》中写道：

我是昆明市第11中学的初中毕业生。在北京、上海之后传来昆明也在组织垦荒队的消息，我们都把去边疆垦荒看作是无限豪迈的壮举，是投身轰轰烈烈的社会主义建设和报效祖国的绝好机会。

我选定了自己要走的路，便拿着申请书独自跑到团省委机关。接待我的是个中年干部，他看我是个尚未成年、瘦小纤弱的小姑娘，就问："你真的要去！你坚持得了吗？"这些问号并没有难倒我，反倒是他被我的坚强决心所打动。

我报名的事一开始就是瞒着父母进行的。等接到通知，这事再也瞒不下去了。父母听到这个突如其来的消息非常伤心，先是竭力反对，继而百般劝说。我父亲是广东人，侨居越南河内经营中药材近40年，挣下了一份殷实的家产。我是独生女儿，被父母视为掌上明珠，以我小小的年纪，怎么能放心让我独自远离家人，跋涉千里去边疆开荒种地呢？然而决心已定，无论二老怎样劝说都动摇不了。

垦荒队的组织中充分体现了"志愿"的原则。当时的团省委书记王宇辉，在多次讲话中反复告诫队员：

> 要有吃大苦的思想准备。如果有谁怕艰苦，现在，还可以不去；去了的，党和人民决不希望看到你们当中出现一个可耻的逃兵。

同时，作为这一活动的领导机关团省委，并没有仅仅停留在动员组织上，而是要求团省委的机关干部要做垦荒运动的带头人，身体力行，积极带领青年们投身到开发边疆的伟大事业中去。

经过自愿报名，领导决定派出团省委秘书长杨一堂、国防体育场李华、吴仁安、李耀华、张家兴、李荫、蒲世雨等7人担任各大队领导，亲自率队出征。

当昆明组织垦荒队的消息传开时，云南保山地委领导就积极向团省委反映，要求将垦荒队派往德宏。德宏团工委副书记胡丕谟在团省委的一次会议上发言说：

> 建议团省委组织青年到我区垦荒，德宏自治州大约有10万亩荒地可开垦。广阔肥沃的土地还缺科学技术，如果有内地老大哥的青年去开发，不但能为国家增产，对建设祖国边疆，巩固祖国国防皆有着极大的意义。

1955年11月20日，青年团昆明市委也对垦荒队的行动表示赞同，并给予积极的支持。同时决定：

> 组织200人的"昆明市青年志愿垦荒队"在1955年12月中旬到保山专区新城坝开垦荒地。同时，号召全市国营厂矿、基建工地、商业及机关青年对"昆明市青年志愿垦荒队"作

物质上的支援。支援的项目是：农具、家具、耕牛、马匹、种子、马车、9 个月口粮、路费，以及每人一套衣服、一顶蚊帐及盥洗用具，共合人民币 3 万元。

经过组织考核，昆明市第一批垦荒队队员定为 389 人，并集训了 10 天。

1955 年 12 月 25 日下午，昆明市各界人民会聚在志舟体育馆，举行盛大的欢送昆明市青年志愿垦荒队大会。

在当时，正值隆冬时节，寒风料峭。环形看台上标语高悬，人头攒动，中央空地上近 400 名身穿统一配发的蓝布服装的队员们井然有序地席地而坐。

云南省领导出席大会并发表了重要讲话。张冲副省长代表全省人民为垦荒队命名和授旗。

即将奔赴龙陵县新城建场的第一批垦荒队被命名为"国营新城青年农场"；即将分赴保山地区 6 县的第二批 5 个大队，被分别命名为："陇川县青年集体农庄""潞西县遮放青年集体农庄""盈江县青年集体农庄""莲山县青年集体农庄""潞西县芒市青年集体农庄"。

张冲副省长亲手分别授予各大队红旗，在红旗上，一律绣有金光闪亮的大字：

勤劳勇敢、坚韧顽强、建设祖国

垦荒队代表刘小三宣读《昆明市青年志愿垦荒队向党和祖国的保证书》。这时全体队员犹如誓师出征的战士一样，起身肃立，庄重地聆听着喇叭里垦荒队代表那铿锵有力的声音：

我们生活在幸福的新中国，成长在社会主义革命的时代。我们不仅要投身于祖国的社会主义建设，而且要让共产主义在我们年轻一代的手里成为光辉的现实。正是怀着这样的理想，我们高举着向荒地进军的旗帜，去开发祖国美丽而富饶的边疆。我们以自己能够在党和毛主席的领导下，担负起这个前人从来没有做过的极其光荣和伟大的事业而感到骄傲和自豪……

在当时正值浓云密布的阴天，当刘小三最后带头高呼口号时，棉絮似的云头再也遮挡不住队员们心中的阳光，再也压抑不了他们的冲天豪气，几百只攥紧的铁拳齐齐地振臂高呼：

我们伟大的祖国万岁！
伟大的中国共产党万岁！

像是受到这雄壮声浪的猛烈震荡，密实的云层霎时飘散，透出耀眼的阳光，把整个会场辉映得空前明亮。

王宇辉书记在讲话中这样说：

> 同志们，我还要说明一个问题。为了摸索组织青年开荒的经验，我们准备将国营农场和集体农庄两种形式都试试看。党和国家对这两种形式的关切和支持完全是一样的……

欢送大会第二天，第一批垦荒队员告别了春城，沿滇西潞江河谷，开赴垦荒战场。

1956年1月6日清晨，第二批队员出发了。

在1月的中下旬，第三批队员又陆陆续续地出发了。

垦荒队沿途都受到了当地群众的热烈迎送。到楚雄、下关、永平时，当地干部和群众都是打着灯笼、火把来迎接垦荒队员们。

当时，昆明到畹町的公路线路长、路况差，从昆明到保山乘车整整走了4天。公路只通到畹町和腾冲，因此去陇川、莲山、盈江的几支垦荒队还必须步行3天才能到达目的地。

这样的长途跋涉，对于这些城市青年来说，简直就是一次小长征。虽说沿途的亚热带风光和优美的傣乡景色使大家感到新鲜有趣，可是走不多久，有的队员脚上便起了泡；有的队员饥肠辘辘的，双腿沉重得简直挪不开步子。

看到垦荒队员们走得实在艰难，前来迎接的军垦战士就给他们讲红军二万五千里长征的故事，讲部队行军打仗的光荣传统和大无畏的精神，垦荒队员们听了很受鼓舞，于是咬紧牙关继续往前走。

陇川青年集体农庄建庄地点在离城十多公里的地方。当垦荒队员们到达目的地时，举目四顾，那无边无际的茫茫荒草，竟同自己在昆明想象的相差十万八千里，不免个个唉声叹气。这时，一大队队长吴仁安一席慷慨激昂的讲话，立刻把大家的情绪鼓舞起来了，他说：

> 同志们，用眼泪来迎接青年农庄的诞生，这像个垦荒队员的样子吗？我们是出征的战士，就要有战士敢拼敢杀的那股子勇气！没有房屋，我们自己盖嘛！用我们的双手建成第一栋房子。

垦荒队员们于是开始干了起来。开始时，他们机械地挥舞着臂膀，一锄一锄向荒地挖去，谁也顾不得手掌布满血泡，也顾不得胳膊被震得发麻。大家苦干一天下来，浑身就像是散了架，倒在藤条纺织的"弹簧床"上就再也不能动弹了。

耕牛组的同志体力消耗更大，用来开荒的十字步犁比传统的木犁要重好几倍，耕牛又听不懂他们的吆喝，喊停它偏要走，喊踩沟它偏要上坎，就是专门用一个人牵着也不管用。犁过两趟后，牵牛的、掌犁的都累得瘫倒在地上了。

垦荒队员们的艰苦，在当时曾有这样一首顺口溜：

> 白天开荒上战场，晚上卧床赏月亮。屋漏
> 连忙撑雨伞，梦里还在捉蚂蟥。

一群缺乏在亚热带地区从事农业生产经验的城市青年，面对新开垦出来未经熟化的土地，垦荒的艰苦和繁重，无论人挖畜耕，那都是一场人与大自然硬碰硬的大较量。

奋战到 5 月，全农庄共开垦旱地 400 亩，水田 100 亩。为了不误农时，大家紧接着又投入了积肥备耕，又适时栽下了水稻，种下了花生和黄豆等。

盈江农庄在开荒中，遇到的主要阻力是土壤板结，队员们从昆明带来的一尺长的大条锄也奈何不得。有人出主意，说要能用水浸泡一下就好了。于是，农庄领导便调集两个分队开赴莫孔山，苦干 5 天，引来了清澈的山泉水。

芒市农庄建庄点挨近昆畹公路两侧，地势倒是平坦。但是，在草丛、竹林里布满了日军入侵时留下的弹坑、壕沟，队员们必须小心翼翼地取出炮弹，再用双肩一担一担挑土填平。

开沼泽地也够叫人胆战心惊的，队员们一脚踩进泥水里，便立刻陷到齐腰深，等到上坎时，脚上、腿上都挂满了胀鼓鼓的大蚂蟥。

莲山农庄的主要障碍是，荒地上长满了层层叠叠的叫"金刚钻"的草。这东西浑身是刺，汁液有毒。为了砍掉"金刚钻"，队员们每个人脸上都溅上了毒汁，一夜之间，个个都变成了皮泡脸肿的胖和尚。

　　一天早上，有个女青年醒来觉得满脸火辣辣地疼，她忙起床用镜子一照，竟认不出镜中的自己来了。她顿时伤心得哭出了声，惹得姐妹们忙来劝慰，生产组长也赶忙叫她休息。同志们的关心照顾，没有使她心安理得地待在屋里，望着大家远去的身影，她擦干眼泪，扛起锄头又追了上去。

　　分配到盈江军垦农场 15 岁的桂蕊芳，后来回忆开荒和积肥时的情景，她说：

　　　　过了春节，我们就投入了开荒。抬起锄头没挖多久，个个手上都起了血泡，人家就开玩笑说当上了"泡兵司令"，还互相比谁的血泡多。疼是疼，大家心里都还怪自豪的，时间一长，血泡变成了老茧，虽说"泡兵司令"当不成了，开荒的工效却成倍往上翻。

　　在当年，分散在各地的垦荒队员们开垦荒地近万亩，他们在沉睡千年的土地上，播撒着生命的种子，播下着人生最初的希望。

临朐垦荒队扎根北大荒

1956 年春天，青年团山东省委组织"青年志愿垦荒队"的消息传到了临朐县。大家奔走相告，纷纷写下决心书。

在当时，听说北大荒荒无人烟，天气很冷，去了会冻掉耳朵和鼻子。可大家还是争着写申请，团员青年更是争先恐后。

辛淑香是个女同志，组织上不让她去，说女的去了吃不了那么大的苦。她却说："北京垦荒队有女的，她们能在那里过，俺也能过。"最后在她的一再要求下，组织上才批准她参加了垦荒队。

1956 年 4 月，临朐县 5 个区 303 名垦荒队员，像上前线一样，告别了故乡，离开了父母，离开了兄弟姐妹，踏上了去北大荒的征程。

大家一路说说笑笑，憧憬着美好的未来。一路上，火车、汽车多次转乘，总算到达了萝北县城凤翔镇。

青年志愿垦荒队队员到达凤翔镇后，又步行向北大荒开进。

虽然从家乡来时听说这里很苦，但苦到啥程度，大家的心里还没底。1956 年 4 月，垦荒队员们一踏进北大荒，便开始了真正与艰难困苦作斗争的生活。

队员们初到北大荒，第一个难题就是住宿困难。虽然比他们早到一年的北京、天津等庄的垦荒队员已经为他们搭了几个"马架子"，但还是不够住，他们又自己搭了几个"马架子"。

"马架子"就像山东人看瓜用的草棚子。没有铁丝，他们就搓草绳，把树干交叉一绑，顶上盖上草，"马架子"内横上木棍，再铺上一层厚厚的草，人在上边睡，水在下边淌。晚上睡觉，常有蛤蟆钻到被窝里。遇上阴天下雨，外边下大雨，里面下小雨，外边雨停了，里边还滴水。早晨起来一看，鞋都让水给冲跑了。

为了能在北大荒长期扎下根，垦荒队员们自己动手，伐树割草，脱坯盖房。全体垦荒队员分成垦荒队、种菜队、盖房队，一部分人开荒种地，一部分人到几十公里外的山上伐木。

临朐庄处在老龙冈下，由于地形和地质条件，老龙冈下河道弯曲，形成了大片沼泽地。到山上去伐木，沿途河流水泡，纵横交错，6匹马拉的四轮车也没法通过。

"水泡"是明的，暗的还有"飘垡甸子"。这"飘垡甸子"上边长着草，草根连着草根，上边薄薄的一层土，看上去像是好路一样，踩上就掉进去，越陷越深，直没到脖颈，要是没人救，就只有被憋死。

他们伐的木头，只能靠人抬肩扛。为了过沼泽地，他们用木板在沼泽里搭起"塔头蹲"。大家抬着木头，走在高矮不一的"塔头蹲"上面，就像是走"梅花桩"似的，稍有不慎，便会连人带木头倒在"飘垡甸子"里。

在开始时，队员们抬着木头心惊胆战，小心翼翼，生怕一脚踩空，掉进这无底深渊。时间一长，大家也就走出了经验，不再担心掉进去了。

女垦荒队员和男队员一样，有时要蹚过齐腰深的水，上山伐木，要抬着木头过沼泽地。

负责割草的队员，割下的草马车不能拉，他们只好一捆一捆地往回背。每个队员一次背几捆，像一座小山一样。当地的过路老乡看后，戏谑地说他们山东人是"驮半车"，意思是队员们一次背的草有半车多。

经过几个月的苦战，临朐庄垦荒队员们终于用自己的双手，建起了简易的住房。从"马架子"搬进简易的住房时，好多人都激动得哭了。

饥饿也曾给队员们造成过很大威胁。来到北大荒一个多月，雨水就把临朐庄通往外界的道路封锁了，到处是沼泽和"飘垡甸子"，一脚下去烂泥就没到膝盖，车马没法走，粮食运不进庄。有一次，队员们只能每人每顿靠吃一小碗带皮的土豆，坚持了整整3天。

北大荒的蚊子、瞎虻、小咬特别多。在当时，队员们编了个顺口溜：

北大荒有三件宝，蚊子、瞎虻和小咬，白天黑夜三班倒，不坚定的受不了。

北大荒的蚊子厉害，咬得人奇痒难忍，用手往脸上一抹，满手是血。有的队员眼睛被蚊子咬得肿起来，看不见路。6月天睡觉盖被子，可蚊子还钻进被窝里咬。有时队员们被咬急了，爬到草棚子上边，骑在屋脊上，双手抓住屋脊打盹过夜。因为棚顶上风大一些，蚊子要少一点。

蚊虫多，垦荒累，生活条件差，再棒的小伙身体也垮了，不少人得了病。

有一天，队员们因喝了不洁净的水，全庄队员得痢疾的就有75个。送病号要到30多公里外的凤翔镇，大家只得用树棍、草绳做成简易担架，4个人抬着，另4个挂着棍扶着抬担架的人，生怕摔倒在"飘垡甸子"上。

晚上蚊虫咬睡不好觉，白天垦荒干活也不得安生，瞎虻、小咬轮流进攻。大家没法子，每个队员只好都戴上用布缝成的防蚊面罩，只露出眼睛和嘴巴。可是瞎虻、小咬还是钻进衣服去咬，真是拿它没办法。

北大荒的野兽也成群结队，有的队员曾遇到过熊，被抓破了脸。遇上狼更是常有的事，三五成群的狼，简直屡见不鲜。

7月的一天早上，炊事员起来做饭，走到食堂，发现用草苫子围成的食堂，被扒了个大窟窿，进去一看，一只大灰狼正爬上锅台找东西吃呢。

队员们刚到北大荒生活很苦，吃的是高粱米、玉米面，还要到凤翔镇去背粮食。队员们早上吃过早饭跋涉到凤翔镇，中午在道上啃口玉米饼子，一天背一趟，不少队员累倒在泥泞的路上。

开始没有菜吃，他们就挖野菜，用盐水泡着吃。由于缺乏营养，许多队员得了夜盲症，一到晚上就看不见路。

北大荒的夏天难过，冬天更难过。

北大荒正月里的平均温度是零下 21 度，最低温度达到零下 40 多度，昼夜温差全年平均是摄氏 12 度。队员们初到北大荒，没有防寒经验，鞋帽不保温，简易草棚不保暖。富有防寒经验的当地老乡都待在家里"猫冬"，而队员们却要顶风冒雪上山伐木、打场、修水利。

那时收成打场，别说是水泥场地，连块干地都没有，只能在结成厚冰的水池上面打黄豆。为了防止冻伤脸和手，队员们一小时一轮换。尽管这样，仍然有不少队员被冻伤。有的队员手指脚趾被冻黑了，都脱了皮。还有不少队员脸上留下了一块块冻伤的疮疤，很是难看。

打完场，还要抓紧修水利。为了来年排除积水，开荒种地，只好冬天修渠。在当时没有机械，全靠镐刨锹挖。垦荒队员们展开热火朝天的劳动竞赛，看谁能一气抢镐一百下。许多队员抢大镐时，虎口都震裂了。

女队员辛淑香，同男队员比赛抢大镐，手震出血后，用手绢包一下，血把手绢、手套冻在手上都揭不下来了。

队员们饿了，啃一口冰冻的窝窝头，一口一道白印，根本啃不动。

尽管这样艰苦，队员们还是很乐观，经常唱起《垦荒队员之歌》，或者来一段沂蒙山小调。

北大荒的冬天最难受的还是晚上。呼啸的西伯利亚冷风，夹着飞雪直往屋里灌。队员们不敢睡觉，只好坐在火堆前取暖，背后却依旧冷风刺骨，真是"火烤胸前暖，风吹背后寒啊"！困极了，大家只好穿着衣服，戴上狗皮帽子，穿好棉鞋，全副"武装"地钻被窝。第二天早上，呼出的热气使皮帽子与头发、眉毛都结成了冰。

1957年1月，连续两天两夜下大雪，平地也有三四尺厚。好多队员被埋在了草棚里，队员们的生活成了大难题。雪停之后，又刮起了大风，连刮三天三夜，刮起了一道道一人多高的雪岭。寒风卷着雪漫天飞舞，发出一阵阵呜呜的怪叫，使人睁不开眼，迈不开腿。

在当时，队员们的房子盖得晚，时间又仓促，房子下沉倾斜得很厉害，墙上裂开了一道道巴掌宽的大缝。风顺着墙缝呼呼直往屋里灌，就连在屋里划火柴都点不着灯。每个队员都是一床褥子一床被子，但还是非常冷。

白天还好过一些，晚上就不好熬了。不仅是天气寒冷，每天晚上还有成群的狼围着房子转，从墙缝看出去，看见狼眼里射出蓝色的凶光，使人感到毛骨悚然。

大家尽管穿着棉衣睡，晚上也会经常被冻醒好几次。好多队员的耳朵和手都冻起了泡，脱掉了皮，甚至露出了血淋淋的肉。可是，队员们仍然很乐观，常常用唱歌来驱寒，用跳舞来取暖。

大家都明白，这是为新中国在吃苦，为社会主义建设在受难，再苦再难也要顶住。为了不被冻死、饿死，全庄垦荒队员进行了紧急动员。在萝北县政府的帮助下，终于清出了一条道路，运回了粮食和柴火，才免于被冻死、饿死。

进入"三九"以后，全庄仅有的一个蓄水池冻成冰了。没有水，队员们就生起火来化冻雪取水。为了节约柴草，常常十几个人合用两盆水刷碗、洗脸。

在第二年的春天，"邱少云队"的小伙子们打了一眼十几米深的水井，水又甜又多，再也不用愁没水用了。

到北大荒的第一个春节，每个队员发了 1 公斤白面，半公斤猪肉，还有冻萝卜。虽然没有别的，队员们还是高高兴兴地包饺子过了年。

为了丰富业余文化生活，队员们经常排演节目，过年过节都开展文艺联欢和体育比赛等活动。

艰苦的环境，最能磨炼人、考验人。队员们经受住了艰苦环境的考验，终于在北大荒站住了脚，扎下了根，把青春和热血都洒在了北大荒。

胡耀邦看望各地垦荒队员

1955 年 11 月 29 日，团中央第一书记胡耀邦到江西视察工作时，专程到德安县九仙岭看望上海垦荒队员。

原来，胡耀邦到江西考察工作时，听说有 98 名上海志愿到江西垦荒的知识青年，在德安县东南的荒滩上成立了共青垦殖场。于是，胡耀邦立即赶往了德安县。在当时，通往德安的铁路还没有正式通车，胡耀邦坐着铁轨压道车，一路寒风，一路颠簸，走走停停，用了大半天时间才走完 110 公里，到了德安县，然后又徒步十多公里，到了鄱阳湖畔的共青城。

11 月 29 日的下午，当夕阳西下时，在铁道的远处，出现了一辆压道车。压道车很快驰到队员们的面前停下了，从车上走下一群人，走在最前面的就是胡耀邦。

在上海市垦荒队员离开繁华的大上海，到鄱阳湖畔垦荒的第 45 天，胡耀邦成为第一个看望他们并关怀他们的团中央领导人。

胡耀邦观看了垦荒队的茅舍、图书馆、食堂、猪圈，以及队员们新开垦的梯田和刚种下的小麦和油菜，参观中还一边详细地询问了队员们的生活、工作和学习等情况。

胡耀邦问："茅棚还住得惯吗?"

队员回答："茅棚是我们亲手盖的，我们要永远住下去。"

胡耀邦笑着说："茅棚是临时的，我们只能叫它3岁，不能叫'万岁'。你们将来要把这里建成像上海一样，楼上楼下，电灯电话，那样才行。"

胡耀邦又和队员们一道研究来年的生产计划。当听到汇报说来年计划每人收入200元时，胡耀邦说："我听了有点替你们担心，收入太少了。你们不怕吃苦的精神好得很，开荒就是搞社会主义建设，搞社会主义要大家生活一天比一天好，你们明年的生活一定要比今年好才行。你们不仅要勇敢，要不怕困难，而且要动脑筋，想办法，多积肥，多搞些副业，增加收入。"

这时，陈家楼把小山竹劈开夹上药棉，做成了一支"大毛笔"。

胡耀邦看了，很高兴地说："这是一支很有创造性的大毛笔嘛！"说着，拿起笔蘸上墨汁，题写了3个大字：

共青社

胡耀邦鼓励队员们说："现在前进的路上还横着两条'大河'，这就是愚昧和贫穷。同志们，我们一定要下决心闯过这两条'大河'，也一定能闯过这两条'大河'。"

胡耀邦还在一些队员的日记本上题词：

决心为共产主义奋斗

　　努力做社会主义的积极分子

　　做祖国好儿女

吃晚饭时，胡耀邦和队员们一起吃盐豆稀饭。临走时，胡耀邦勉励队员们：

　　我们要战胜困难，多想办法，一定要把共青社办好。

胡耀邦回北京后不久，便收到了上海垦荒队员修改的生产计划报告。他立即写了回信，并寄了书籍、二胡、唢呐、三弦、篮球和 1 只闹钟。

胡耀邦在信中说：

　　用稿费为你们买了几件乐器，供你们文娱活动使用；买了书，供你们学习；送一只闹钟，愿你们和时间赛跑。

1956 年 3 月，上海市副市长金仲华率访问团与江西省副省长欧阳武率领的视察团一起，看望了分布在江西省 6 个县的上海志愿垦荒队员，并向他们赠送了菜种、图书、缝纫机、油印机等物资。

在同年的 3 月 17 日，青年团江西省委组织部向全省各地、县团工委、组织部发出《关于做好上海志愿垦荒群众中几项团的组织工作的通知》。

胡耀邦、上海市领导对垦荒队的关心和支持，还有上海人民的大力援助和当地政府的支持，极大地激发了垦荒队员们的热情。经过1年的艰苦奋斗，上海青年志愿垦荒队"共青社"开垦了1700亩荒田，加上当地农民送的8000多亩熟田，共生产了90万公斤粮食和其他大量农副产品。

1956年6月，胡耀邦又来到黑龙江萝北青年垦区进行视察和慰问。

因当时交通不便，胡耀邦等人先乘火车，中途换乘铁路上自用的平板车，再改乘大卡车才到达垦区。

在6月7日这天，天气特别晴朗。当时，在北大荒广袤的田野上，队员们正披着朝霞奋战在各自的岗位上。

8时多，只见一辆吉普车和几辆摩托车在哈尔滨集体农庄基建队工地前的路口停了下来，七八个人从车上下来了。这时，不知是谁喊了一声："团中央书记胡耀邦来了！"

这时，胡耀邦越走越近，垦荒队员们激动得忘了放下手里的工具，呼啦一下子都围了过来。

胡耀邦同大家一一握手，不断地问候大家。当胡耀邦来到正在为房舍抹墙的队员面前时，这个队员忘了两只手还沾满泥巴，就急忙把手伸了过去，可是马上又想到满手泥土怎么能和胡书记握手呢！刚想缩回去，这时，胡耀邦已经紧紧地把他沾满泥巴的两只手握住了，并亲切地说："你们辛苦了！"

这个队员顿觉一股暖流涌进心窝，心中虽有千言万语，却激动得一句话也说不出来。

胡耀邦随即席地而坐，和队员们攀谈起来。胡耀邦最担心的是这些来自城市的青年能否经得起困难的考验。当他关切地问垦荒队员们有没有困难时，垦荒队员们都十分感动，不约而同地互相看了一眼，然后异口同声地回答："有，但我们不怕！"

胡耀邦欣慰地笑了，接着，他挥着手说：

你们不仅要敢于向困难作斗争，还要努力学习知识掌握本领，不但要学会盖房子，还要成为各行各业的专家，把北大荒建设成美丽富饶的米粮仓。

垦荒队员们静静地听着、记着、感受着、体会着团中央领导对他们的关怀和希望。

在北京庄，胡耀邦和北京垦荒队员们一一热烈地握手，他说："我非常想念你们，北京人民也在关心着你们，向你们表示慰问。"

北京垦荒队员们像见到亲人一样，一个个激动得流下了热泪。队员们搬来简易的桌子，上面特地铺上了床单、毯子，算是主席台。没有茶杯，就拿来吃饭用的瓷花碗。女队员还从野地里采来最鲜艳、最芳香的野花，插进瓶子，摆在桌子上。一切都是简朴的，甚至是简陋的，却饱含着丰富的情感。

胡耀邦深情地望着北京垦荒队员们，转达了团中央和全国青年对垦荒队员的关怀，他勉励大家：

> 绝不向困难低头，再接再厉，成为北大荒的一代新人！

在北京垦荒队员的宿舍，胡耀邦看到队员们正在吃苞米饼子就着炒黄豆。他动情地说："你们很苦，也很光荣。我们整个国家都很困难。你们要烧砖烧瓦，盖砖瓦房，要种水稻，改善生活。这一代人肩上的担子很重啊。"

胡耀邦又到天津庄、河北庄、山东庄等看望了垦荒队员。

3天中，胡耀邦深入田间地头，参观垦荒队员们耕地和播种。他在茅屋草棚里和队员们促膝谈心，向他们转达中央和青年团对他们的关怀，鼓励他们决不向困难低头，做到劳动、团结、学习、纪律、身体5样都好。

在临别时，胡耀邦还赠给垦荒队员们8个大字：

> 忍受、学习、团结、斗争

胡耀邦还一再嘱咐大家："要经受考验，经受锻炼！"

胡耀邦这次到萝北视察和探望垦荒队员，使大家深受鼓舞，更加坚定了立志建设好边疆的决心。

1957 年 3 月，在温州大陈岛垦荒队最困难的时候，胡耀邦又专门把到北京出席全国青年团代会的垦荒队队长王宗楣请到办公室，鼓励他说："要告诉大家，要自力更生，不要向国家要什么，再奋斗几年，会好起来的，你们是全国青年的榜样，绝不能退缩，要保持荣誉。"

1960 年，共有 4 批 467 名垦荒队员到大陈岛，胜利完成了垦荒任务。

3 月，胡耀邦给垦荒队写信：

> 在完成垦荒的历史任务后，要进一步担负起建设的新任务。

这封信又一次点燃了垦荒队员的青春烈火。许多队员志愿继续留下，愿把自己的青春全部贡献给大陈岛的建设事业。

青年志愿者垦荒队就这样在中国共产党和人民的鼓舞下，历经艰难曲折，和全岛军民一起艰苦奋斗，后来，终于使大陈岛面貌一新，成为东海上的一颗明珠和旅游胜地。

后来，在 1985 年 12 月 29 日，已是中共中央总书记的胡耀邦乘坐一艘海军护卫舰，专程到大陈岛看望老垦荒的队员。他到岛上的当晚，就给每一位老垦荒队员发出了请柬。

第二天，胡耀邦走进青少年宫的会场就问："大家都到齐了吗?"

胡耀邦又说："1956 年到现在快 30 年了，当年最小的现在多大啦? 最大的现在多少岁?"

有人回答，最小的 46 岁，最大的已 57 岁了。

胡耀邦幽默地说："那就不是年轻的朋友来相会，而是年老的朋友来相会了!"

这时，全场发出了一片欢笑声。

当年，胡耀邦对垦荒队员们的关怀和亲笔题词，成了青年垦荒队的精神支柱，一直鼓舞着垦荒队员们不断战胜困难和建设美丽边疆的信心，为新中国的建设贡献出一切力量。

四、 中央号召上山下乡

● 毛泽东对《在一个乡里进行合作化规划的经验》一文的按语写道："农村是一个广阔的天地，在那里是可以大有作为的。"

● 赵耘每天天不亮就起床，切菜、拌饲料、刷猪槽、清圈，一直忙到太阳落。

● 董加耕在升学志愿书上写了"回乡务农，立志耕耘"8个字，并把名字改为"董加耕"。

毛泽东提倡年轻人到农村去

1955年9月至12月，毛泽东正在主持编辑《中国农村的社会主义高潮》一书。

在书中，毛泽东对《在一个乡里进行合作化规划的经验》一文写下这样的按语：

> 这也是一篇好文章，可作各地参考。其中提到组织中学生和高小毕业生参加合作化的工作，值得注意。一切可以到农村中去工作的这样的知识分子，应当高兴地到那里去。农村是一个广阔的天地，在那里是可以大有作为的。

原来，在1955年10月，在中国共产党七届六中全会扩大会议召开期间，中共中央农村工作部副部长廖鲁言，看到一本河南省许昌地委农村工作部办的《互助合作》期刊，其中有一篇《郏县大李庄乡进行合作化规划的经验》的文章。这篇文章介绍了河南郏县大李庄乡，组织一批中学和高小毕业生，回乡参加农业合作化工作的情况。廖鲁言就把这篇文章呈送给毛泽东阅览。

毛泽东看了这篇文章后，非常高兴，对文中的一段话特别感兴趣：

全乡贫农和下中农里面，有7个没有升学的中学生和25个高小毕业生，把两个中学生分配到老社，其余的全部分配到7个"架子社"去，以便解决会计和记工员不够的困难。

毛泽东就在这篇文章上写了按语。

毛泽东在主持编辑《中国农村的社会主义高潮》一书时，把这篇文章的题目改为《在一个乡里进行合作化规划的经验》，连同这个按语一起编入《中国农村的社会主义高潮》一书中。

在书中，毛泽东对《农业合作化的一场辩论和当前的阶级斗争》一文也写了按语：

全国合作社，需要几百万人当会计，到哪里去找呢？其实人是有的，可以动员大批的高小毕业生和中学毕业生去做这个工作。

毛泽东在书中发出号召：

农村是一个广阔的天地，在那里是可以大有作为的。

毛泽东这一伟大号召，激励着当时的一代年轻人，成为当时推动城镇知识青年下乡上山的巨大精神动力。

在 50 年代，吉林省延边朝鲜族自治州出现了一位务农先进知识青年叫吕根泽。

他是吉林省延吉县海兰村人。1951 年春，吕根泽从龙井中学初中毕业，他聪明好学，家境也不错，本来完全有条件升学，但因身体有病没能继续上高中。

在当时，吕根泽曾感到"一切都结束了"，情绪很低落。就在这时，他看到了《中国青年》1955 年第 1 期刊登的一篇文章《一条宽阔的道路》。

吕根泽终于认识到自己"并没有失学，而是才开始真正地走进学校。这所学校是丰富的，它不仅是农业大学，而且是社会大学"。

吕根泽从此积极投身到家乡的生产劳动中，他开辟了一块小小的农业试验田，向当地农民推广先进的生产技术，担任全村的技术研究组组长。

吕根泽所在的互助组由于采用新的种植法，水稻每亩收获比从前增产近 75 公斤，从而有力地推进了全村的互助合作运动。

后来，吕根泽的经历被当地的青年团组织发现，于是，采写了文章，把他作为先进人物进行报道介绍，因此，吕根泽的事迹受到了团中央的高度重视。

1953 年 12 月 24 日，青年团中央在《中国青年报》上，发表了写给吕根泽的信：

你热爱农村，投身于农业劳动，刻苦钻研农业技术，并有力地推动了你村的互助合作运动，而得到了显著的成绩……

你的事迹，再一次告诉了农村广大知识青年如何与农业劳动相结合，向他们证明了知识青年从事农业有无限光辉的前途。

1953 年 12 月 25 日，《中国青年报》还发表了《站在建设前列的年轻人》的文章以及社论，报道宣传吕根泽参加农业劳动的事迹。

12 月 30 日，吕根泽到县里，在有 1000 多名青年参加的大会上，接受了团中央和团省委给他的祝贺信。从此，吕根泽成为与徐建春齐名的回乡青年的先进人物。

在互助组转社后，吕根泽担任了村里合作社主任。

1954 年，吕根泽到各地去做报告，以自己的体会向广大知识青年说明参加农业生产的重大意义，在青年中产生了强烈反响。

1958 年，各地农村大办农业大学，吕根泽进入延吉县东城公社办的黎明业余农业大学学习，1961 年被公社党委保送到延边农学院深造，1961 年大学毕业。

在此期间，吕根泽在延边农学院讲师的帮助下，写成了《水稻栽培技术问答》一书。他还进行各种水稻育苗方法的试验和研究活动，其中不少研究项目取得了一定的成绩，推动了当时的农业生产。

吕根泽后来被聘为吉林省农业科学院特约助理研究员，成为知识青年在农村成长为科学技术专门人才的典型。

在 50 年代，广东也出现了一位有"青年技术革新者"称号的全国知识青年典型杨明汉。

杨明汉是广东省罗定县上池乡田边村人。1950 年，杨明汉考入广东西江农业学校，1952 年春，杨明汉因患脑病退学，回乡参加农业生产。

杨明汉从小就喜欢田间生产，他十二三岁就学会了种地、割禾等简单操作，所以，他十分乐意回乡参加农业生产。

杨明汉的家乡是个贫瘠的半山区，粮食产量很低。于是他在自家的田里搞合理密植，搞"人工降雨法"的实验，还尝试着改良土壤。

1953 年，他获得了"全县丰产模范"的光荣称号。但是，杨明汉并不满足，他深感自己缺乏科学知识，他希望钻研农业科学技术。然而，村里不具备搞科学实验的条件，连最简单的工具也没有，也找不到供参考的理论书籍。

后来，杨明汉的母校罗定中学的师生们知道了他的状况后，给他送去一些实验用的器材和书籍，帮助他把实验进行下去。

1954 年 11 月，杨明汉的实验终获成功，广东省农业厅厅长、华南农学院院长、著名水稻专家丁颖闻讯后，到杨明汉村里参观了他的水稻实验田，肯定了杨明汉的成绩，也帮助他解决了许多具体困难。

杨明汉从此名扬全国。同月，他加入青年团，而且被评为"农业技术革新能手""先进知识青年的典型"。各省、市团委也纷纷发出通知，要求青年学习他的先进事迹。

在毛泽东的号召下，在先进青年榜样力量的鼓舞下，全国青年纷纷表示，希望到广大农村去实践、去锻炼，贡献自己的青春，实现自己的青春梦想，改变广大农村贫穷落后的面貌，为新中国的建设作出贡献。

《人民日报》号召青年下乡

1957 年 2 月 18 日至 4 月 14 日，国家副主席刘少奇从北京出发，沿京广线南下，做了 56 天的考察，并发表了一系列重要讲话。

1957 年 4 月 8 日，《人民日报》根据刘少奇 3 月 22 日在长沙市中学生代表座谈会上的讲话精神，发表了题为《关于中小学毕业生参加农业生产问题》的长篇社论。社论说：

今后一个很长的时间内，总的趋势将是有更多的小学和中学毕业生不能升学，而城市就业条件有一定限度。

就全国说，最能够容纳人的地方是农村，容纳人最多的方面是农业。所以，从事农业是今后安排中、小学毕业生的主要方向，也是他们今后就业的主要途径。

社论讲到农村对文化需求时说：

土地改革和农业合作化，是我国农村两大历史性的根本改革。合作化以后的农村是新农村，农民是新农民。但是，现在的农村和农民还都缺少文化。如果以后一年比一年有更多的中学毕业生下乡，同农民群众在生产劳动中亲密地结合起来，那么可以肯定，农业合作社的经营管理工作和农业的技术改革就将得到一个极大的力量，就将促进我国农村实现另一个根本改革——技术改革，促进我国农业生产空前地向前大发展。

7月22日，国家劳动部、高等教育部也联合发出的通知指出：

> 由于机关、企业停止招收工作人员，各高等学校因学业成绩不及格或其他原因退学的学生，家在农村或有条件回农村的，可以动员他们去参加农业生产。

在党中央的号召之下，8月20日，天津市第一批自愿到农村的124名初中毕业生出发了，他们来到农村扎根落户。

8月23日，22岁的赵耘从天津市来到宁河县，开始他新的人生征途。

赵耘出生在山西左权县，他从小就受到艰苦的磨砺和革命的熏陶，这为他以后的人生之路奠定了良好的基础。

1950 年初，赵耘和弟弟从山西老家来到在天津市任处长的父亲身边。

赵耘的父亲赵晋科是一位老革命，赵耘兄弟二人刚到天津，父亲就为他们改了名，把原名"赵贵银"改为"赵耘"，把他弟弟也改名为"赵田"，并对他们说："不重金银，重耕耘。"

赵耘在读初中的时候，学习成绩是全优，又是天津市 13 中学第一名学生党员、校学生会的副主席，他完全有资格上高中、考大学。

1957 年夏，赵耘初中毕业前夕，党中央发出了不能升学的中、小学生参加农业生产劳动的号召，天津市还请来了在山东下乡的老知识青年徐建春作报告，这在应届毕业生中引起了不小的反响。

是继续升学，还是就业？是留在城里，还是下乡务农？赵耘也面临着人生道路的选择。

赵耘认为，上大学，留在城里固然是好，但是，党号召青年学生到农村去。他认为，自己是一名共产党员，要找艰苦的路走，要做一个有文化的农民，在农村干一辈子。

赵耘就和父亲谈，父亲看到了他坚定的决心，就欣然同意了他的选择。

赵耘在学校里第一个报名要求下乡当农民。这个消息一传开，一些人为他惋惜说："这样的家庭，这么好的学习成绩，如此突出的表现，干什么不行？非当农民，太可惜了！"

老校长也希望这个品学兼优的学生能够继续升学，他对赵耘说："你成绩那么好，还是上高中吧，我可以保送你。"

赵耘主动找校长谈了 3 次，校长终于被他的执着说服了。

1957 年 8 月 22 日，天津市在工人文化宫礼堂专门为下乡知识青年召开欢送大会。第二天，几辆大轿车便载着下乡青年开赴农村了。

赵耘和两个伙伴来到宁河县六区高级农业社，脱下了学生服，换上了农民装，开始了新的人生征途。

从第二天起，赵耘的劳动生活就开始了。队里分配他与社员一起挠秧。这样的活对一个农民来说是轻松的，可对于一个从没有下过水田的学生赵耘来说，却是另一番滋味。面对田里让人生厌的水中生物，还有令人生畏的吸血蚂蟥，赵耘心里直犯嘀咕。

赵耘看到农民有说有笑地走到田里，他想，当农民就要像个农民样，社员能干的我也绝不能含糊，于是毫不犹豫地迈进水田，就努力地干了起来。

在下乡的头两个月，队里和社员照顾这些从城市来的学生，尽量分配一些轻活，于是赵耘和伙伴们顺利地挺过来了。

乡间 10 月是收获的季节。割稻子，对一个地道的农民来说，也不是一件轻松事，对赵耘来说，就更是一场严峻考验了。

一大早，社员们就下地割稻子了。在镰刀飞舞中，稻子一片片地倒下。可赵耘却不行了。磨得飞快的镰刀好像比别人的钝，也不那么听使唤，他费了好大的力气才割下一小把儿，一会儿的工夫就被人们抛在了后面。他心里直着急，拼命地赶，可距离还是越拉越大。一天下来，他已是累得腰酸腿疼。

第二天天刚亮，闹钟的铃声惊醒了睡梦中的赵耘，他想翻身坐起，可是腰、腿、胳膊酸痛难忍。他想，一定要咬牙挺住，这只是真正农民的开始。于是，他鼓起精神又下地了。

一个秋天下来，赵耘没请一天假，没歇一天工，他挺过来了，腰、腿也不肿不疼了，手起了泡又变成了茧，他虽还无法和那些能手相比，但已可以和多数人一样了。他终于闯过了这一关，经受住了考验，向真正的农民迈出了一大步。

1957 年底，上级号召养猪。赵耘主动要求当猪场饲养员。他把铺盖搬到猪场，住在简陋的房舍里。冬天里寒风凛冽，夏日蚊虫叮咬，他都不在乎。

赵耘每天天不亮就起床，切菜、拌饲料、刷猪槽、清圈，一直忙到太阳落。晚上别人走了，赵耘仍留在猪场继续照看那 100 多头猪。

在寒冷的冬天，母猪下仔儿，赵耘照顾接生，怕把刚生下来的小猪冻坏，就用自己的棉被、棉衣盖在小猪身上，或者把小猪仔儿揣在怀里取暖。

在炎热的夏天，一场大雨过后，几十个猪圈积了半尺多深的粪水，赵耘怕淹坏小猪，他就用水桶、脸盆，一桶桶、一盆盆地淘。遇上母猪缺奶，他看着嗷嗷待哺的小猪很心疼，就用自己的钱买鱼熬汤给母猪催奶。

赵耘当上了饲养员之后，他克服各种困难，自学养猪知识，精心科学饲养，将猪个个养得膘肥体壮。

赵耘的身体原本不是很强壮，下乡后的几年因为劳累加饮食不周患了夜盲症。一天夜晚从杨台村到猪场，平时只有 5 分钟的路，他却走了 1 个多小时。艰苦、劳累、身体瘦弱都没有动摇他立志务农的决心。

1958 年春天，赵耘被乡亲们推举为猪场场长。在赵耘和乡亲们的共同努力下，到 1959 年，猪场已经扩大为拥有 6 个分厂、100 多人的综合畜牧队，饲养生猪 3000 头、羊 5000 只、鸡 2000 只，其规模之大闻名河北省。

1960 年，猪场解散，赵耘被借调到管理区做党务工作。

1962 年，赵耘被乡亲们从管理区要回来，并推选为苗街三队的队长，同时兼任三、四队的党支部书记。

赵耘上任后，跑遍了全队的每一块土地，与社员们共商制订兴修水利、改造低产田、引进良种、推广先进技术的增产计划。一年下来，当年平均亩产水稻由原来的 160 公斤提高到 400 多公斤，产量翻了一番多。到

1963 年，平均亩产已达到 505 公斤。

农业上去以后，赵耘又带领大家相继办起了碾米厂、机加工厂、喷涂厂。经过两年的努力，苗街三队的年收入一跃成为全村的中上等水平。

1964 年 4 月，赵耘出席河北省青年劳动模范代表大会。这次大会向全省回乡青年发出号召：

学习赵耘立志建设新农村，做有觉悟、有知识的新型农民！

赵耘领导的苗街三队成为全省 28 面红旗单位之一。团省委作出了"关于在全省知识青年中开展向赵耘学习活动的决定"。

1964 年 6 月，赵耘因突出的表现，出席全国共青团第九次代表大会，并当选为团中央委员。

6 月 11 日，毛泽东在人民大会堂接见团中央"九大"代表，他与赵耘、徐建春、李瑞环、董加耕等各界青年代表一起合影。

1975 年，赵耘当选为第四届全国人大代表；1980 年，任东郊区委常委、副区长；1984 年，任东郊区人大常委会副主任至退休。

2007 年 5 月，他作为青年英模代表参加了中国青年群英会。

赵耘把自己的青春献给了农村。他回忆当初下乡时，深有感触地说：

> 回顾这一辈子，一叫不后悔，二叫对得起党和人民。我的同学有的当了科学家，有的当了大学校长。工作不分贵贱，只要没有私心，尽职尽责，就能为党做出成绩，发挥自己的光和热。我这一生没有惊天动地的业绩，只是兢兢业业尽力量去做好。
>
> 一个共产党员应视名利淡如水，视事业重如山，我作为一名共产党员，在各个时期带头响应党的号召走在前面，心里宽慰而自豪。

邢燕子也是志愿下乡的知识青年中的一员。

1958年7月，高小毕业的邢燕子，没有回天津市区的父母身边，而是回到家乡宝坻县大钟庄公社司家庄村务农，她发愤要改变家乡的落后面貌。

1958年，由于自然灾害，我国农村大多数处在土地荒芜、粮食奇缺的状态之下。为此，团中央号召有志青年到农村去，建设新农村。

在当时，邢燕子高小毕业，她的父亲是天津一个工厂的副厂长，全家都在城市，只有她从小随爷爷生长在乡下。

当时农村的日子很不好过，爷爷让她到天津找父亲，可是邢燕子却坚决响应党大办农业的号召，决心把自己的青春献给家乡宝坻县大钟庄公社司家庄。

在当时，邢燕子的想法很单纯，她说："农村青年都应该为建设社会主义新农村贡献自己的力量。听党的话，不是空洞的口号，要看实际行动，农业这么重要，党需要我留在农村，无论在什么情况下都应该留在农村。"

司家庄村是一个出了名的穷村，在当时，村子里的壮劳力大多去外地支援建设了，剩下的大多是老弱妇孺。

邢燕子刚回乡时，生产队派她去幼儿园当教养员。邢燕子从心眼里不乐意干，反而愿意参加田间更辛苦的劳动。可是她又想，这是党交给的任务，一定要干好。

一开始，邢燕子办幼儿园没经验，30多个孩子不大听话，到处乱跑，有的还吵架，她一管就挨骂。

邢燕子就找支部书记，要求参加田间劳动。董书记对她说："那怎么行？你当教养员正是让广大妇女去参加劳动。党给你的这个担子不轻啊！小孩子一吵架就不想干，那遇见大困难怎么办呢？"

邢燕子想：对呀，碰见这点小事就不干怎么行，有困难就应该想办法去克服。后来，她把幼儿园工作搞好了，党支部才叫她把工作交给别人，让她参加田间劳动。

1958年和1959年，宝坻县大钟庄公社司家庄连续两年遭受水灾。1959年秋，又没有多大收成，眼看粮食就没有着落了，第二年也无法下种，党支部决定动员社员生产自救，战胜灾荒。

在当时，正值3年连续自然灾害时期，为了帮助乡亲度过灾荒，刚 18 岁的邢燕子组织了 7 名青年女团员，成立了一个"突击队"。

邢燕子带着突击队员，冬天顶着寒风砸开 3 尺厚的冰层下网打鱼。一天下来，她感觉身体又困又乏，冻裂的双手阵阵发疼。

在晚上，邢燕子等人还要坚持在马灯下编苇帘。3 个月下来，她们就给村里挣了 3900 多元的副业收入。这两项收入，对全村顺利渡过灾荒起了举足轻重的作用。

司家庄党支部在全村群众大会上，表扬了邢燕子和妇女捕鱼队，并给她们这个捕鱼队命名为"燕子突击队"，队员由 7 人扩大到 16 人，全队一致选她当队长。

在战胜冬荒以后，司家庄党支部决定领导全村夺取 1960 年农业大丰收。"燕子突击队"的队员们向党支部提出，保证在改变本队贫穷面貌中起突击队作用。

邢燕子带领突击队员把抢种"六九"麦的艰巨任务承担了下来。为了突破天寒地冻播种不能出全苗的难关，突击队员们请教老农，用播种后顺沟施肥的办法，以确保播种能出全苗。

为了按时完成播种任务，邢燕子带领全队队员，白天耪地，晚上提着灯把各户的肥收集起来，第二天清早便往地里抬。抬粪又累又慢，她们就想办法用爬犁拉。就这样边种边施肥，每亩上了足够的农家肥。

因为村里只有一头牛能用，她们就把犁绳往肩上一背，两三人一张犁，一拉就是 1 个月，肩上的一道道血痕变成了硬茧。终于按时把 430 亩"六九"麦种上了。此外，她们还开荒 490 亩，向荒洼要粮。这一年，粮食获得了大丰收，为大队渡过灾荒起了很大作用。

灾后，队里增添了 6 头牲畜，购置了柴油机、小电磨，基本赶上了富裕队的生产和生活水平，于是，家家户户都喜气洋洋的。司家庄社员都说："有了'燕子队'，全村变了样。"

1960 年 8 月 15 日，《河北日报》以《邢燕子大办农业范例》为标题，报道了邢燕子的事迹。

在当时，正值农村遭受天灾人祸最困难的年头，许多回乡知识青年与农民纷纷流入城市躲避饥荒。这时，正需要树立一个"发奋图强，大办农业"的农村青年典型。

8 月 17 日，共青团河北省委、河北省妇联发出在全省青年、妇女中展开学习邢燕子运动的通知：

开展学习邢燕子的运动，实际上是对青年、妇女进行一次深刻的以农业为基础，以农业为中心，加速社会主义建设的思想教育运动。

接着，河北省委、天津市委发出开展"学习邢燕子、赶上邢燕子、热爱农业劳动，建设社会主义新农村的活动"。

1960 年 9 月 20 日，《人民日报》也介绍了邢燕子的事迹，在全国形成了一个规模空前的宣传声势，各大报纸、电台和刊物等纷纷报道。

在当时，曾任全国人大副委员长的郭沫若写下了《邢燕子歌》：

> 邢燕子，好榜样；
>
> 学习王国藩，学习铁姑娘；
>
> 全家都在城，自己愿留乡。
>
> 园中育幼幼成行，冰上治鱼鱼满网；
>
> 天荒地冻，抢种垦荒；
>
> 要使石头长出粮。
>
> 吃苦在前，享乐在后；
>
> 一切工作服从党，北大洼变成金银窝。
>
> 燕子结成队，奋飞过黄河！

1960 年 10 月 12 日，邢燕子光荣地加入了中国共产党。

同时，她与另外两个全国回乡知识青年的典型，全国农业劳动模范徐建春、吕根泽互相下战书，进行"建设新农村"的友谊竞赛，全国各地农村知识青年纷纷响应他们的号召。

在当时，严重的饥荒已蔓延到全国各地，邢燕子等人发出的劳动竞赛活动，稳定了广大农村青年的情绪，鼓舞了他们"大办农业，大种粮食"的士气。这时，邢燕子也成了全国家喻户晓的人物。

1961 年夏天，高中毕业生董加耕也立志回乡务农。

1961 年 5 月，21 岁的董加耕高中毕业了。在江苏盐城县龙冈中学，董加耕是品学兼优的好学生，各门课程都超过 96 分，因此他被学校保送到北京大学。

作为龙冈中学的预备党员、团支部书记的董加耕，却作出了一个惊人决定：放弃到北大上学的机会，回乡务农！

董加耕在升学志愿书上写下：

回乡务农，立志耕耘

同时，他也将名字改为"董加耕"，意在加倍努力耕耘家乡。

董加耕立志要回乡务农，使老师和同学们难以理解，他们觉得这么一块好材料，送到农村去种庄稼实在可惜了。

董加耕回答说："正是因为党的教育培养，才使我懂得一个年轻人应当根据革命的需要决定自己的生活道路。"

10 天以后，董加耕得到县委的批准，用一根扁担挑着书籍和行李，他回到家乡葛武公社董伙大队第四生产队。

董加耕回家种田的事，在乡亲们中间引起了不少议论。有位老伯用旱烟袋敲敲他的后脑壳说："加耕，人家读书越读越远，你呢，从城里读到乡下，我看你是读书读呆了啊。"

董加耕回答说："大伯，古话说读书越多越明理，我读了书懂得了要用知识建设新农村的道理，才回家劳动的。"

1961 年，当时正值中国农村面临连续自然灾害和经济最困难的时期。

董加耕回乡时，没有动摇自己的信念。他吃腌蒿子、豆饼，照样乐观地唱着"洪湖水，浪打浪"等歌曲。他赤膊和乡亲们一起拉犁、割稻、扬场……

公社党委决定调他到邮电所工作，他却发誓"决不从第一线撤退"，连他母亲的眼泪也动摇不了他的决心。他在日记中写道：

> 身居茅屋，眼看全球，脚踩污泥，心怀天下。

这几句话后来成为传遍全国的名言。

乡亲们迫切改变落后面貌的强烈愿望，促使董加耕立志改变家乡几千年来的传统农业。

董加耕利用自己所学的农业技术，在家乡进行了"农业内部的第一次产业改革"。他提出"沤田改旱田，稻、麦、棉、绿肥轮作，改良土壤，解放劳力"的措施，结果粮食获得大丰收，水乡第一次长出了棉花。从此，稻、麦、棉、绿肥轮作制在全大队、全公社乃至全地区都推广成功。

在 60 年代初期，像董加耕那样的贫农后代、学生党员属于政治条件最好的一类。然而，他放弃升大学的机会，却回乡务农，其他人有什么理由抱怨下乡插队是屈才呢？因此，自董加耕下乡开始之日起，便成为当地领导与新闻媒介所注目的先进人物。

1963 年 12 月 31 日，《新华日报》发表了《走革命的道路，当革命的接班人》的社论，其副标题是《评知识青年董加耕建设社会主义新农村的理想和行动》。

1964 年初，中国共产党江苏省委、共青团江苏省委先后发出学习宣传董加耕的决定。

随后，《人民日报》《中国青年报》相继报道宣传董加耕回乡务农的事迹，在报道中强调：

> 董加耕所走的道路，正是毛泽东时代知识青年所应该走的革命道路。成千上万知识青年上山下乡，参加农业生产是有最广阔前途的革命行动。

董加耕的成长事迹，对 1964 年达到高潮的全国知识青年上山下乡运动，起到了预期的推动作用。在当年，南京市就有 72 名应届毕业生在榜样董加耕的感召下，自愿放弃高考，到苏北农村插队务农，在当时被称为"七十二贤人"。

1964 年 8 月，董加耕当选为共青团第九次全国代表大会代表。

中央号召全国青年向新式农民董加耕学习。

1996 年的国庆，一批共和国老劳模应邀赴京参加国庆观礼活动。赵耘、董加耕、邢燕子、侯隽等知识青年代表又一次相聚在天安门城楼上。他们热泪盈眶，深深感觉到人民没有忘记他们，也深深感觉到他们当年的辛勤付出，具有无限的光荣与崇高的价值。

中央提倡青年上山下乡

1957 年 9 月 20 日至 10 月 9 日，中共中央八届三中全会通过《1956 年—1967 年全国农业发展纲要修正草案》。

将《纲要草案》中的第三十九条调整为第三十八条，将有关城镇知识青年到农村中去的内容，做了重大修改。条文规定：

城市的中、小学毕业的青年，除了能够在城市升学就业的以外，应当积极响应国家的号召，上山下乡去参加农业生产，参加社会主义农业建设的伟大事业。我国人口百分之八十五在农村，农业如果不发展，工业不可能单独发展。到农村去工作是非常必要的和极其光荣的。

《纲要草案》第一次提出"上山下乡"这个词，并且把上山下乡的主体明确为"城市的中、小学毕业的青年"，而且把这作为一项长远的发展规划。

10 月 26 日，中央正式公布《1956 年—1967 年全国农业发展纲要修正草案》。

11 月 13 日，《人民日报》发表题为《发动全民，讨论四十条纲要，掀起农业生产的新高潮》的社论。

社论中说：

> 人人的生活离不开农业，人人对农业的发展都要尽自己的一份责任。青年知识分子更要把上山下乡当作锻炼自己的最好方式，要在这次大辩论中把自己对待农业生产的错误认识改正过来，下决心长期地全心全意地到农民群众中去。

1958 年 4 月 16 日，共青团上海市委在文化广场举行了有 1.3 万多名青年参加的"上海知识青年志愿参加湖北、安徽农村建设的活动分子大会"。

上海市委书记曹荻秋在讲话中说：

> 目前农村既缺少劳动力，又需要科学技术和文化的支援，我们上海有广大的知识青年，这是支援农村社会主义建设的一支宝贵的力量。因此，不论从国家发展前途来看，还是从城市知识青年的未来着眼，支援农村，把自己的青春献给社会主义建设事业是一项极为光荣的任务。

青年团中央第一书记胡耀邦到会祝贺，并就青年前途问题做了重要讲话。

4月17日，胡耀邦为上山下乡知识青年题词：

> 人人都可以争得为祖国服务的光荣前途，人人都应该努力争取为祖国服务的光荣前途。这就要下定决心吃苦吃亏。能够自觉地吃苦吃亏的青年，就一定能够发出比别人更多的热、更大的光，就一定能够把自己锻炼成为建设社会主义和建设共产主义的坚强骨干。

1958年5月，上海2万多名青年出发到湖北和安徽，这是50年代上海市规模最大的一次城市知识青年下乡活动。

1957年下半年，上海市已有9000多名知识青年到郊区和皖南农村参加农业生产。

1958年8月，又有2万名知青奔赴湖北、安徽的农场和江西国营德安共青综合垦殖场。

1958年8月，中央北戴河会议作出动员青年上山下乡参加边疆建设的决定。

北京的中南海文工队的一些青年，也积极响应毛泽东的号召，报名参加10万大军开发建设祖国北疆的伟大战斗。

时任国家副主席的朱德得知中南海文工队的青年也要去北大荒向地球"开战"的消息，便鼓励他们好好锻炼，还特意照了一张穿西服的照片，在背面签上"朱德"二字，赠送给他们。

过了几天，朱德又带警卫员和摄影师来，与他们合影。其中的梁小芳还紧紧地拉住老帅的手臂又照了一张。

中南海文工队的青年在离开北京的当天夜晚，梁小芳等几个知识青年怀着依依不舍的心情来到毛泽东的书房。

毛泽东对他们说："年轻人不要老关在保险箱里，应该到大风大浪中去经受锻炼。"主席欣然地和他们合影留念，还给每人送了一张亲笔签名的照片。

在临走时，毛泽东说：

> 你们到北大荒去，我是舍不得你们走。为了人民的利益，你们还是去北大荒，经风雨见世面。只是去了不要把我这个老头又忘掉，常来信。

听了这番话，大家心里热乎乎的，不觉两眼湿润了。

国庆 10 周年，在回京探亲时，梁小芳见到了毛泽东。毛泽东称她是"北大荒来的客人"，并向她打听同去的蒋自重、李艾、吴凤君等人的情况。

建设北大荒的火热生活，对于来自城市的青年来说，确实是一场严峻的考验。在十分艰苦的条件下，梁小芳他们时时以毛泽东的一言一行来激励自己，并不断战胜困难。其中有一位青年小胡，在劳动收工回来时，她就伏在湿泥草棚的小板铺上给毛泽东写信，她先后发出了两封向毛泽东汇报工作的书信。

1959 年年初，小胡忽然接到一封来自北京的普通信件。她拆开牛皮纸的信封，从信封里抽出两页用毛笔写的信纸。小胡简直不敢相信自己的眼睛，信的落款明明白白地写着毛泽东的名字呀！这时，激动的泪水模糊了她的眼睛。

在这封信中，毛泽东写道：

> 小胡同志：两信都收到了，甚为感谢！你好吗？有进步吗？整个世界都是你们青年人的，愿你们日日有进步。但不要太累，不要累到弄坏身体的程度。

在信的后边，毛泽东还让小胡向另外两位同志问好，信上说：

> 不能单独给他们写信，因为此刻没有时间，已是凌晨四点钟了。将来有时间再给他们写。

毛泽东对知识青年们的关怀，给当时在农村和边疆下乡的知识青年们以莫大的鼓舞，更加坚定了继续战斗下去的信心。

全国青年兴起支援边疆行动

1958 年 8 月 17 日，中共中央政治局作出《关于动员青年前往边疆和少数民族地区参加社会主义建设的决定》。

"决定"根据边疆和少数民族地区党委的要求，为使边疆与内地能够齐头并进，中共中央政治局决定：

> 1958 至 1963 年 5 年内，由内地动员 570 万青壮年到这些地区去。支边对象除大部分是农民外，还要求适当配备一套包括各行各业人员在内的班子，以利在荒原上平地起家，建起小社会。

10 月 14 日，中共中央副主席、中华人民共和国副主席朱德在中央国家机关青年社会主义建设积极分子大会上，号召全国广大青年，到西北和内蒙古等地区去，参加那里的开发和建设事业。

朱德说：

> 这些地区占了全国土地面积的 50% 到 60%，地上、地下的资源异常丰富，是祖国最大的宝

111

藏。但是这些地区的人口只占全国人口 6% 左右。为建设社会主义和共产主义的幸福的新中国，全国广大的青年，包括机关青年，必须到这些地区去，把这些地区的资源迅速开发出来，把这些地区建设成为祖国美丽的花园。

这次支边行动，其涉及地区之广、动员人数之多、社会影响之大，都是前所未有的。从 1959 年初开始，就大张旗鼓地进行了两年。

在两年的时间里，16 个省、市、自治区及部队共动员安置支边青壮年和退伍兵 99.7 万人，另有随迁家属 44.6 万人。

在这些支边青壮年中，有 49.8 万人参加农垦系统开荒建场，有 21 万人插入偏远农村的人民公社，有 28.9 万人到了工交战线。他们在极端困难的条件下，作出了伟大的贡献。

在这些支边青年中，有一位知识青年多次受到党和国家领导的表彰，她就是鱼珊玲。

在 1963 年 8 月，高中毕业的上海青年鱼珊玲，告别了黄浦江，坐上了西去的列车，到新疆去参加边疆的开发和建设。

原来，在 1962 年，鱼珊玲高中毕业，因没考上大学，又没参加工作，就待在家里自学，努力准备来年再考。

1963 年春天，上海市委、市政府根据党中央、国务院的要求和上海的实际情况，开始大规模地动员知识青年到新疆去参加边疆的开发和建设。

听了动员报告，鱼珊玲热血沸腾，听党的话到农村去、到边疆去、到祖国最需要的地方去，这正是她的理想。

然而，这毕竟是一条充满险阻的人生道路，新疆是那么遥远，农业劳动又将是那么繁重，她能受得了吗？

在区委、街道等各级组织的帮助鼓励下，鱼珊玲经过两个月激烈的思想斗争，终于冲破了头脑中和家庭的种种阻力，坚决响应党的号召，去边疆、去祖国最需要的地方。

越过长江、黄河，穿过茫茫戈壁，横跨中国，鱼珊玲经过十多天的旅程，她和上海的知识青年们从东海之滨来到了天山脚下，来到了塔克拉玛干沙漠边缘的农一师胜利十七场。从此他们加入了兵团人的行列。

那时的兵团农场生活是极其艰苦的，大家住的是地窖子，点的是煤油灯，吃的是苞谷馍和水煮菜。

在渡过了最初的生活关、劳动关后，在老同志的带领下，鱼珊玲等人开始自己种小麦、种玉米、种棉花，投入到挖渠清淤、开荒造田等各项农活中去。

1965 年，鱼珊玲开始担任排长，负责管理 500 亩的棉花丰产田。

鱼珊玲带领排里的 36 名从上海刚来的年轻姑娘，每天从早到晚在棉花地里松土、锄草、定苗、灌水、施肥……

棉花定苗时，大家整天都在地上爬，裤子磨破了一条又一条，灌水时 24 小时都守在地里。

那时，他们每天风餐露宿，早饭、中饭都在地里吃，实在累了就躺在渠埂上，真可谓天做被来地当床。

夏天骄阳似火，鱼珊玲带领排里的姑娘们，顶着烈日夏收割麦；冬天天寒地冻，她们仍在刚打完落雪的棉枝上拾棉花，有时还到连队外去挑土、挖渠、运肥。每天晚上她躺倒在床上时，浑身像散了架似的酸疼。

就这样，从 1965 年到 1969 年，在全体姑娘们的辛勤耕耘下，在连里的大力支持下，鱼珊玲所在的排，管理的 0412 棉花丰产地，始终保持着农一师棉花的最高单产纪录，成为全师闻名的棉花丰产样板田。

鱼珊玲也被评为建设边疆、保卫边疆的知识青年的杰出代表，并多次受到党和国家领导的表彰及接见。

鱼珊玲的先进事迹在各报刊刊登后，影响了一大批知识青年。

在塔里木腹地的农垦团场，鱼珊玲度过了 17 个春秋，在这段为时不短的人生旅途中，她经历了生活的曲折与磨难，也得到了锻炼，并逐渐成长为一名光荣的共产党员和连队领导。

后来，鱼珊玲回顾自己走过的道路时，她说：

虽然很平凡，但我实现了自己的诺言，把青春献给了塔里木。应该说，我们是无愧于那个时代的，在开发与建设边疆的历史上，有10万上海青年留下了足迹，为祖国西部边疆的经济发展、社会稳定、民族团结作出了巨大的贡献。

特别是我们为之奋斗一生的新疆生产建设兵团，经过两代人的艰苦创业，在天山南北一片片一无所有的万古荒原上，开垦了1600万亩耕地，修建了96座大水库，治理了数十条河流，建起了十来座军垦新城和172个现代化的农牧团场，使兵团成为我国最大的农工商联合体，成为我国最大的商品粮、商品棉基地。

我想兵团之所以能在短短几十年里取得如此巨大的成就，最重要的是因为220万兵团人有那样一种拼搏和奉献的精神。他们从五湖四海来到兵团，献了青春献终身、献了终身献子孙。

她还说：

虽然现在已是21世纪，时代不同了，条件不同了，观念不同了，但要建设现代化的社会主义强国，是永远需要这种拼搏和奉献精神的。

在知识青年下乡的大潮中，在 1964 年，河北张家口市知识青年程有志下乡插队到河北省涿鹿县温泉屯大队。

程有志刚到涿鹿县温泉屯大队插队时，他跟社员们一块在梨园干活，觉得浑身有使不完的劲。

程有志主动找重活、脏活干，以磨炼自己的意志。他在与广大农民群众并肩战斗的过程中，觉得温泉屯的每一寸土地、每一棵树苗都是可爱的。他是望山山亲、看树树绿、喝水水甜。

这时候，程有志身在梨园。他想：这些老梨树为啥长得又高又大，结的果却又小又少呢？能不能把自己在学校学到的知识用到改造梨树上，让老梨树焕发青春多结果呢？

程有志的想法，得到广大干部和社员的支持。党支部把改造梨树的任务交给了程有志，让他担任果树技术员。程有志多次到国营九堡果树场向技术员学习，去全县"花果之乡"的六堡大队向老农请教，在本队和社员一起，摸索改造果树的办法，制订了果树重剪复壮的方案。

初春的塞外，依然是阵阵寒风和阵阵雪花，程有志还要天天爬到树上剪枝。手上裂口，耳朵冻肿，但没有动摇他的决心。程有志和乡亲们把所有的梨树，统统大修大剪了一遍。老梨树终于更新复壮了，秋季终于果实累累。

1965 年，程有志所在的第八生产队，鸭梨产量比上一年增加了 5 倍多。

1966 年，全大队学习八队改造老梨树的经验，鸭梨产量由 1964 年的 1 万公斤，猛增到 10 多万公斤。后来鸭梨产量逐年增加，1973 年上升到 29 万公斤。

改造梨树的实践，使程有志认识到，知识青年在农村能不能大有作为，关键在于只有真正和广大农民群众结合在一起，要与广大农民群众同呼吸、共命运，才能主动关心农村的社会主义革命和建设，才能自觉关心群众的疾苦，才能千方百计地把知识奉献给农村，才能深刻地感到知识青年在农村这个大学里有学不完的知识，有干不完的事业。

后来，程有志担任了温泉屯大队的党支部书记。

程有志认真学习钻研农业生产知识，带头大搞科学实验，他种的玉米试验田亩产达 600 多公斤，高粱亩产 405 公斤，全大队推广后，平均亩产增加了 1 倍。

程有志还先后培育了 70 多个农作物良种，除在本地推广外，还支援 15 个省市 19 万公斤。

20 世纪 70 年代中期，知青返城，程有志却留了下来搞种子基地。他种小西瓜，研究杂交玉米，带着村民热火朝天地实践着毛泽东的口号，那就是：

果树上山，粮食下川。

程有志带着村民把果园全部变成了高产的高粱和玉米地，把山、河沟都推平种地，开出了 1000 多亩荒地。

在 30 多年的玉米育种实践中，程有志淡泊名利，克服了常人难以想象的困难，先后选育出张玉 1 号、2 号、3 号、4 号等 11 个优质高产玉米新品种，特别是他将矮生基因导入玉米新品种的选育中，在国际上都具有领先水平。

后来，程有志被聘为省农作物杂交优势利用协作组组员，并担负了国家分配的 4 个研究项目。当地群众都亲切地称他为"桑干河畔土专家"。

像鱼珊玲、程有志等知识青年献身农村、建设农村，并在广阔的农村大有作为的人还有很多很多。

在那个时代，在"好儿女志在四方"，"到边疆去，到祖国最需要的地方去"等口号的鼓舞下，知识青年们离开繁华的城市，千里迢迢，扎根边疆，扎根农村，克服重重困难，为祖国的开发建设作出了不可磨灭的贡献。

本书主要参考资料

《国史全鉴》本书编委会编 团结出版社

《共和国五十年珍贵档案》中央档案馆编 中国档案
　　出版社

《中国现代史资料选辑》彭明主编 中国人民大学出
　　版社

《风云七十年》郭德宏主编 解放军文艺出版社

《共和国开国岁月》张国星 何明著 中共党史出版社

《华夏金秋》柏福临主编 吉林大学出版社

《中国革命史丛书》于薇编写 新华出版社

《中南海三代领导集体与共和国科教实录》张湛彬主
　　编 中国经济出版社

《中国知识青年上山下乡大事记》顾洪章主编 人民
　　日报出版社

《中国知识青年上山下乡始末》顾洪章主编 人民日
　　报出版社

《知青心中的周恩来》侯隽等著 人民日报出版社